Nikos Panajotopoulos **Die Erfindung des Zweifels**

24.12.02

... eine kleine Weihnachtslektüre für zwei recht talentierte Leser.

Alles Liebe

[illegible] + [illegible]

Nikos Panajotopoulos

Die Erfindung des Zweifels

Roman

Übersetzt von Ulf-Dieter Klemm

RECLAM
LEIPZIG

Originaltitel: Το γονίδιο της αμφιβολίας (Das Gen des Zweifels)
Originalverlag: Polis, Athen

Besuchen Sie uns im Internet:
www.reclam.de

1. Auflage, 2002
Umschlaggestaltung: Kurt Blank-Markard
Autorenfoto Umschlagklappe: privat
Gesetzt aus Rotis serif
Satz: Reclam Verlag Leipzig
Druck und Bindung: Westermann Druck, Zwickau
Printed in Germany
ISBN 3-379-00791-9

Wir sollen glauben. Um jeden Preis.
Nicht für einen Augenblick sollen wir wissen.

Kikí Dimoulá,
»Sie liebten uns«, aus: *Die Jugend des Vergessens*

Vorwort

Da nun mal die ersten Zeilen, die jemand liest, wenn er dieses Buch zur Hand nimmt, von mir stammen, muss ich mich wohl zuallererst vorstellen. Mein Name ist Friedrich Clause und meine Beziehung zur Literatur rein dilettantisch. Schon früh habe ich mich der Familientradition gemäß für den Arztberuf entschieden und diese Wahl nie bereut.

Ich weiß natürlich, dass dies nicht die beste Art ist, einen Roman zu beginnen, aber ich habe auch keineswegs vor, einen zu schreiben. Ich entspreche lediglich dem Wunsch des Verlags, für den folgenden Text ein Vorwort zu verfassen, um die Umstände zu erläutern, unter denen er in meine Hände gelangte.

Das Manuskript hat mir sein Verfasser im April '63 kurz vor seinem Tod im Royal Masden Hospital anvertraut. Zwei Monate früher hatte er bei der Einlieferung ins Krankenhaus in einem Anfall von Panik verlangt, sich dem Zimmerman-Test zu unterziehen. Einige Tage später hatte sich seine Meinung jedoch geändert. Zu diesem Zeitpunkt befand sich das Testergebnis bereits in meinen Händen, aber er bat mich, es ihm nicht zu offenbaren.

Ich respektierte seinen Wunsch selbstverständlich, muss aber gestehen, dass sein Wankelmut meine Neugierde weckte. Wie war es möglich, dass ein Todkranker – denn das war sein Zustand, als er eingeliefert wurde, und wir alle waren überrascht, dass er noch zwei Monate weiterlebte –, wie also war es möglich, dass ein Todkranker den Test machen wollte? Warum hatte er das nicht früher getan, wenn ihm die Kenntnis des Resultats so unerlässlich schien? Und wozu sollte sie ihm jetzt nützen? Und selbst wenn man einen Nutzen unterstellt, wieso weigerte er sich dann, das Ergebnis zu erfahren, als sein letzter Wunsch erfüllt war?

Der erste Gedanke, der mir durch den Kopf schoss, war, dass er sich schämte, eine so *lächerliche* – wie er sie selbst irgendwo nennt – Bitte ausgerechnet in einem Augenblick geäußert zu haben, als wir uns verzweifelt bemühten, sein Leben zu retten. Zunächst leuchtete mir diese Erklärung ein und ich versuchte, ihm die Gelegenheit zu verschaffen, einen unbeobachteten Blick in den Umschlag mit dem Testergebnis zu werfen. Er lehnte beharrlich ab und legte es darauf an, mir zu zeigen, dass mein – zugegebenermaßen – albernes Spiel überflüssig war.

Die Frage stand also weiterhin im Raum. Da mir das Klinikarchiv nicht den geringsten Hinweis zu seiner Person liefern konnte, beschloss ich, die Angelegenheit auf sich beruhen zu lassen. Ich wollte ihn nicht direkt fragen und damit in eine unangenehme Lage bringen.

Wieder lag ich daneben. Wie aus dem folgenden Manuskript hervorgeht, entsprach es seinem eigenen Wunsch, das Ganze zu erklären und wenn möglich auch die geringsten Zweifel auszuräumen – das zumindest behauptet er. Erst später wurde er sich bewusst, dass es tiefer liegende Gründe waren, die ihn zur Niederschrift des Textes bewegt hatten.

In diesen zwei Monaten schrieb er mit einer Hellsicht,

wie sie nur die Ahnung des nahen Todes verleiht. Er versuchte zu verdeutlichen, wofür und auf welche Weise er gelebt hatte und wie er zu dem Menschen geworden war, als den er sich nun wieder fand. Dem Anschein nach bin ich der Adressat dieser Erklärungen, seine heimliche Absicht wird jedoch schnell deutlich.

Gleichwohl befand ich mich, als er starb, in einem großen Dilemma. Ich hielt seinem Wunsch gemäß sein »Geständnis« in meinen Händen – das zugleich sein letztes Werk darstellte. Außerdem lag mir das Ergebnis des Zimmerman-Tests vor, das – nun kann ich es verraten – positiv war!

In Kenntnis seines Geständnisses und die für viele schmerzhaften Auswirkungen eines Verlagsskandals voraussehend, hätte ich die ganze Angelegenheit vergessen und mein Leben weiterleben können. Ich wäre der Einzige gewesen, der unter dieser Entwicklung gelitten hätte, weil er das Vertrauen des Verstorbenen verriet und die Erfüllung seines letzten Wunsches vereitelte. Möglicherweise hätte ich irgendwelche Rechtfertigungen erfunden und meinen inneren Zwiespalt mit der Zeit überwunden.

Ich suchte nach einem Ausweg und bemühte mich, alles über James Wright in Erfahrung zu bringen, was sich als wahre Herkulesarbeit herausstellte. Das Einzige, was ich nach mehrmonatiger Suche auf den staubigen Regalen einer Vorstadtbuchhandlung entdeckte, war ein zerschlissenes Exemplar vom *Abgrund*, für das ich eine unverschämte Summe zahlen musste. Ich habe es nicht bereut. Endlich hielt ich ein Indiz für die Wahrheit seiner Behauptungen in den Händen. Soweit die Meinung eines Hobby-Lesers irgendeine Bedeutung hat – und ein Freund von mir, ein Literaturfan, vertritt die Ansicht, dass nach Salinger, einem amerikanischen Autor des letzten Jahrhunderts, nur die Meinung solcher Leser von Bedeutung sei –, ist der *Abgrund* ein bezaubernder Roman. Ich forschte nach dem Verleger des Buches, weil ich glaubte, dass er in meiner rudimentären Recherche einige Lücken füllen könnte. Wochen später erhielt ich einen Antwortbrief, der von seiner Tochter stammte. Er selbst war gestorben. Sie konnte mir leider nicht helfen, weil das Unternehmen ihres Vaters schon vor langer Zeit an einen Verlagsriesen verkauft worden war.

Entmutigt von den kümmerlichen Ergebnissen meiner Nachforschungen, bat ich den genannten Freund um Hilfe und räumte ihm das Privileg ein, sowohl den *Abgrund* als auch den hier veröffentlichten Text zu lesen. Er hatte nicht den geringsten Zweifel: Ich müsse tun, worum Wright mich gebeten habe. Nicht nur, weil das die Qualität seiner Texte erfordere, sondern auch weil zwei sehr ernste Argumente dafür sprächen: Das erste habe mit der Tatsache zu tun, dass man im Angesicht des Todes selten lüge, das zweite laute, dass jeder von uns stets bereit sein müsse, Verantwortung zu übernehmen, unabhängig davon wie groß sie sei.

Aus diesen Erwägungen heraus beschloss ich schließlich, mich an einen Verleger zu wenden und ihm Manuskript und Testergebnis zu übergeben. Ich hoffe, dass ich richtig gehandelt habe.

Dr. Friedrich Clause
London, 2064

James Wright

Porträt des todkranken Künstlers

Für all jene, die sich Abend für Abend
in das ungemachte Bett des Zweifels legen …

1

Sein verschwörerisches Lächeln geht mir unglaublich auf die Nerven. Jedes Mal, wenn er das Zimmer betritt, in dem ich mit dem Tode ringe, jedes Mal, wenn er sich meinem Bett nähert und sich mit deutlich gespieltem Interesse über mich beugt, muss ich diese Grimasse erdulden, die er als Lächeln trägt – und das, ohne zu protestieren. »Vergiss nicht, dass du selbst es so wolltest«, winken mir die Furchen auf seiner Stirn entgegen, und die Falten, die seinen Mund umspielen, fügen großmütig hinzu: »Natürlich kannst du jederzeit alles ändern …«

Das ist nicht wahr, das ist eine grobe, eine bösartige Lüge! Nichts kann ich ändern. Es ist zu spät, so spät, dass mir meine Dummheit – hoffentlich die letzte in meinem Leben – ganz und gar unverständlich erscheint. Ein einziger Moment der Schwäche, ein Anfall von Panik, als die Krankenbahre über das Pflaster vor dem Eingang holperte, und nun hat er mich in der Hand.

Ich erkannte meinen Fehler augenblicklich. Noch ehe ich meine Bitte zu Ende formuliert hatte, wünschte ich, die Worte, die ich gerade aussprach, wieder einsaugen zu können. Er lief mit einem Eifer, der mir rührend erschien, neben meiner Krankenbahre her, wandte mir sein Gesicht zu und sah mich erstaunt an, ohne etwas zu sagen. In diesem Moment hatten andere Sachen Vorrang, genauso wie auch in den folgenden Tagen.

Schließlich kam er eines Morgens in mein Krankenzimmer, bat nach den ärztlichen Routineuntersuchungen die Krankenschwester, uns allein zu lassen, und verkündete dann äußerst ernst, dass er am nächsten Tag das Ergebnis haben werde. Ich tat, als hätte ich nicht verstanden. Von welchem Ergebnis er rede, fragte ich. Er lächelte. Ich schämte mich. Ich sagte ihm, dass ich es nicht mehr wissen wolle, und bat ihn, mir den Befund nicht zu verraten. Er fragte, was sich in der Zwischenzeit geändert habe. Ich wusste nicht, was ich sagen sollte, flüsterte etwas wie: »Nichts … es ist nur …«, und ließ es verlegen über den weißen Laken in der Schwebe. Er hob die Schultern und bedeutete mir, dass er das Antibiotikum wechseln werde. Er verschwand mit einem Lächeln.

Von jenem Tag an scheint dieses Lächeln in seine Visage geklebt zu sein. Und dann das Schlimmste: der Umschlag. Mit einem demonstrativen Blick lässt er ihn neben mir auf dem Nachttisch liegen und tut dann sehr beschäftigt. Er macht sich mit allem Möglichen zu schaffen, was ihm erlaubt, mir den Rücken zu zeigen. Fehlt nur noch, dass er unters Bett kriecht, um mir die Gelegenheit zu geben, heimlich nachzuschauen. Und wenn er sich dann schließlich wieder zu mir umdreht, zieht er die rechte Augenbraue hoch, als bewundere er meine Ausdauer. Ich wette, der Umschlag ist leer.

2

Meine Seele weiß, wie gern ich es erfahren möchte, um den Schatten des Zweifels zu verscheuchen. Aber ich habe widerstanden. Und jetzt, einen Schritt vor dem Ende, bin ich nicht einmal sicher, ob ich das bereuen soll.

Oder besser: Ich bin vom Gegenteil überzeugt. In Wahrheit ist es doch sehr einfach, in kürzester Zeit das Ergebnis herauszubekommen, sei es positiv oder nicht. Offensichtlich bereue ich mein Zögern also keineswegs. Allerdings ist der nagende Wurm der Neugier – mit Absicht benutze ich hier einen Ausdruck aus fernen Zeiten, in denen sich niemand irgendeiner Sache sicher sein konnte, die Unwissenheit mehr Künstler hervorbrachte, als der Planet zu tragen vermochte, und alle unerschütterlich glaubten, der wahre Richter, der einzige Richter, sei die Zeit, ha! – dieser Wurm also ist mein ständiger Begleiter seit dem Tag, an dem ich einsehen musste, dass mein Leben sich dem Ende zuneigt.

Der wahre Richter der Kunst ist die Zeit. Diese ungeheuerliche Lüge hat Generation um Generation heranwachsen lassen und Jahrhunderte lang Hoffnung in den Herzen all jener entfacht, die annahmen – und niemand konnte mit Sicherheit das Gegenteil behaupten –, sie seien geborene Künstler. Diese Lüge galt einmal als große Wahrheit. Darin ist kein Widerspruch zu sehen. Den großen Wahrheiten passiert es sehr oft, dass sie sich irgendwann als Lügen erweisen.

Im konkreten Fall begann alles in der Morgenröte des einundzwanzigsten Jahrhunderts – und das, ich verspreche es, soll die letzte abgegriffene Metapher sein, die ich benutze. Die meisten, die sich mit den großen Wahrheiten beschäftigten, hatten beträchtliche Schwierigkeiten mit diesem viel diskutierten zeitlichen Einschnitt. Deshalb verpassten sie, wie Albert Zimmerman*, ein umstrittener amerikanischer Biologe, die Büchse der Pandora öffnete. Durch sein Referat auf dem jährlichen Internationalen Kongress in Ottawa, das zunächst nicht gebührend gewürdigt wurde, veränderte er am 29. Juni 2026 auf unerwartete Weise den Lauf der Geschichte.

Wie man sieht, habe ich mein Versprechen nicht halten können! Noch in denselben Absatz, der die großspurige Distanzierung von solchen Phrasen enthält, hat sich ein weiterer abgegriffener Ausdruck eingeschlichen. Manchmal frage ich mich, wozu man den Zimmerman-Test braucht, wenn jemand wie ich beharrlich derartig armselige Tricks benutzt. Sei es drum. Der Reihe nach.

Albert Zimmerman starb ein Jahr später im Alter von einundsiebzig Jahren, wie es hieß aus Kummer über die verlegene Heiterkeit, mit der man das Ergebnis seiner langjährigen und mühsamen Forschungen – die Arbeit eines Lebens – aufnahm. Zimmerman hatte bis dahin nichts Bedeutendes vorzuweisen, was absolut logisch ist, wenn man bedenkt, dass er sich im Wesentlichen auch mit nichts anderem beschäftigt hatte. Dieses Werk, sein Lebenswerk, wurde nun also unberechtigterweise unterschätzt. Das genügte, um ihn umzubringen. Über diesen Punkt gehen die Ansichten allerdings auseinander. Nicht wenige glauben unerschütterlich, dass Zimmerman aus Enttäuschung starb, nachdem er sich selbst dem von ihm

* Zimmerman, Albert (1955–2027).

erfundenen Test unterzogen hatte. Se non è vero, è ben trovato!

Das alles wirkt möglicherweise etwas konfus. Vielleicht lohnt es sich deshalb, kurz innezuhalten und ein paar Worte über diesen Menschen zu verlieren, von dem ich wohl letztlich ohne allzu große Vermessenheit behaupten darf, dass er mir irgendwie verwandt war. Der Zweifel, dieser quälende Begleiter meines gesamten Lebens, der mich gleichzeitig anstachelt und hindert, den Umschlag zu öffnen, den der Arzt so großzügig auf dem Nachttisch neben mir liegen lässt – er war auch sein Weggefährte. Dessen bin ich mir absolut sicher. Nur der Zweifel macht schließlich sowohl die Hartnäckigkeit, mit der er seine Forschungen betrieb, als auch sein unrühmliches Ende erklärlich – wobei dieses Ende allein aus seiner Sicht unrühmlich war. Heute erinnert man sich seines Namens mit unglaublichem Respekt und berechtigten Schuldgefühlen. Ich eile allerdings voraus …

3

Albert Zimmerman also wurde 1955 in San Francisco geboren, wenn auch Boston als sein Herkunftsort genannt wird.

Sein Vater, Jeff Zimmerman*, befand sich in jenen Tagen in San Francisco, um Kollegen an einem achtjährigen griechischen Jungen eine riskante neue Methode zur Ent-

* Zimmerman, Jeffrey (1912–1988), berühmter amerikanischer Neurochirurg, weltweit führend auf seinem Gebiet.

fernung eines Gehirntumors zu demonstrieren. Sein Ruf als Neurochirurg reichte weit über die Grenzen der USA hinaus. Obwohl er seinen Hauptsitz in einem renommierten Krankenhaus in Massachusetts hatte, hielt er sich nur selten dort auf. Oft prahlte er damit, dass er bereits mehr als zehnmal um die Erde gereist sei, was in den damaligen Zeiten wohl eher selten war.

Seine Frau Sarah Maynard – aus der bekannten Bankerfamilie – stammte ursprünglich aus San Francisco, hatte sich aber der Karriere ihres Mannes bereitwillig untergeordnet. Einige behaupten, dass für diese Bereitwilligkeit die zweite Heirat ihres Vaters ausschlaggebend war, aber das ist für unsere Zwecke ohne Belang. Von Bedeutung ist hingegen, dass Sarah sich entschloss, ihren Mann auf seiner Reise zu begleiten, obschon sie im neunten Monat schwanger war. Ihrem Vater zuliebe wollte sie ihr Kind in San Francisco zur Welt zu bringen. Wichtig ist auch, dass Sarah während dieser Geburt starb und auf ihren Tod ein fürchterlicher Kampf zwischen Jeff Zimmerman und seinem Schwiegervater folgte. Ihr Streit bezog sich selbstverständlich auf den kleinen Albert, über dessen Zukunft sie entschieden hatten, noch bevor er zwei Monate alt war. Jeff setzte sich durch: Sein Sohn würde kein Banker werden.

Viele Jahre später jedoch wurde Jeff zwischen zwei Reisen klar, dass Albert dabei war, seine Pläne, ihn als seinen Nachfolger aufzubauen, zu durchkreuzen. Jeff träumte von einer neurochirurgischen Klinik unter seiner eigenen Leitung, die ausschließlich schwierige Fälle aufnehmen und neue Wege in der Forschung erschließen sollte. Allein, sein Sohn hatte eine andere Richtung eingeschlagen.

Albert hatte das Studium an der Medizinischen Fakultät von Harvard abgebrochen und bei Großvater Maynard wirtschaftliche Unterstützung für seine künstlerischen Ambitionen sichergestellt. Er hielt das Schweigen seines Vaters, als er ihm seine künstlerischen Visionen erläuterte, für Zustimmung und beging den Fehler, ihm seine Bilder zu zeigen. Erst jetzt explodierte Jeff. Er verfluchte die Reisen, die ihn daran gehindert hätten, seinen väterlichen Pflichten nachzukommen, stornierte den bevorstehenden Flug, lehnte alle zukünftigen Einladungen ab und erklärte seinem Schwiegervater aufs Neue den Krieg.

Natürlich kannte er die Möglichkeiten seines Gegners, aber zu seinen Patienten zählten der wichtigste Kunstkritiker New Yorks, die Tochter vom Chefredakteur der *Times*, die Ehefrau eines der Besitzer von *Newsweek* und verschiedene andere Persönlichkeiten, die ihn bereitwillig bei seiner heiligen Mission unterstützen würden: der Rettung seines Sohnes.

Das Erste, was er unternahm, war, eine Liste aller Personen anzulegen, denen er Gutes getan hatte. Dann schrieb er deren Telefonnummern neben die Namen und rief sie an – persönlich, ohne Einschaltung seiner Sekretärin, zu der er, wie böse Zungen behaupteten, schon lange vor dem Tod seiner Frau eine leidenschaftliche Beziehung unterhalten hatte. Jeff war nicht naiv. Bis zur Vernissage der ersten Ausstellung stand er seinem Sohn großzügig zur Seite. Er sorgte dafür, dass all seine New Yorker Patienten für die Eröffnung eine Einladung erhielten und dass Albert davon erfuhr.

Am Tag danach stand er zum ersten Mal in seinem Leben spät auf. Er, der stets im Morgengrauen aus dem

Bett sprang, egal wann er sich hingelegt hatte, der stolz darauf war, den Jetlag besiegt zu haben, niemals sein rigides Tagesprogramm umstieß und unerschütterlich daran glaubte, dass er diesen Tatsachen einen Großteil seines Erfolges verdankte, erlaubte es sich an diesem Morgen, erst gegen neun Uhr aufzuwachen. Er faulenzte noch ungefähr zwei Stunden, dann stand er auf, um zu frühstücken, wobei er wie immer seine Zeitung las.

Eine weitere Veränderung, die, wie ich meine, am besten die Besonderheit jenes Momentes beschreibt, bestand darin, dass er sich zum ersten und letzten Mal in seinem Leben beim Frühstück für eine Flasche Dom Perignon anstatt für Kaffee entschied – er, der Alkohol als Feind Nummer eins des menschlichen Organismus betrachtete, wie er nur allzu oft in seinen Interviews erklärte. Das alles wird begreiflich, wenn man bedenkt, dass Jeff die Realisierung seiner Vorhaben immer als absolut sicher angesehen hatte. Genau aus diesem Grund hatte es für ihn auch nie einen Anlass gegeben, seine Erfolge zu feiern, und genau aus diesem Grund hatte er nie gewusst, wie er sie feiern sollte. Und genau deswegen bestellte er jetzt Champagner und trank in einem Zug drei Gläser leer, als handle es sich um Orangensaft. Es ist völlig verständlich, wenn man sich nun fragt, wie all diese Details bekannt werden konnten. Das wird sich jedoch im Weiteren herausstellen. Laut Zeitungsberichten stürzte Albert Zimmerman, nachdem er die Kritiken über seine Ausstellung wieder und wieder gelesen hatte, mittags gegen halb eins in das Zimmer seines Vaters, bat ihn auf Knien um Vergebung und versuchte, sich mit dem abgeschlagenen Hals der Dom-Perignon-Flasche die Pulsadern der rechten Hand und danach die Halsschlagader aufzuschneiden.

An dieser Stelle sei mir erlaubt, wenigstens einen Ausschnitt aus einer jener Kritiken – wohlgemerkt nicht der ausfälligsten – zu zitieren, um Alberts melodramatische Reaktion verständlich werden zu lassen. Karl Hardcore* schrieb: »... Man hat das Gefühl, dass der junge Maler (?) den Pinsel wie ein Skalpell führt, wobei sich seine Geschicklichkeit umgekehrt proportional zu der seines Vaters verhält. Albert Zimmerman operiert an seiner Leinwand mit der verzweifelten Gewissheit, dass ihm der Patient unter den Händen stirbt. Und deswegen vielleicht, weil das Spiel ohnehin schon verloren ist, schneidet er weiter und schneidet und schneidet ... Und er hält selbst dann nicht ein, wenn der Patient den Geist längst aufgegeben hat. Als ich seine Bilder (?) betrachtete, habe ich ihn mir vorgestellt: Wie er schwitzt über den Eingriffen an seiner Staffelei, wie er sich hilflos über die Stirn wischt und überlegt, auf welche Art er den Verwandten die schlechte Nachricht überbringen soll. Als unmittelbar Betroffener fordere ich – während die Leiche noch warm ist –, dass man ihm umgehend die Berufserlaubnis entzieht ...«

Nach diesem Text hätte jedermann zu Recht das Gleiche für Hardcore verlangen können. Mag sein, dass Albert kein guter Maler war – Hardcores Zeilen aber waren andererseits auch keine Kritik. Ich breche hier ab, weil ich Albert mit aufgeschnittenem Hals zurückgelassen habe und auf keinen Fall wünsche, dass ihn meine Geschwätzigkeit das Leben kostet ...

* Hardcore, Karl (1931-1997), einer der bekanntesten Kunstkritiker der siebziger und achtziger Jahre, berühmt für den feinen Sarkasmus, der seine Texte auszeichnete.

Darauf also fiel Albert, der trotz seiner Ungeschicklichkeit stark blutete, bäuchlings genau in die Scherben der Flasche. Natürlich wurde er gerettet. Der Dank dafür gebührt einem der besten Chirurgen der Welt, der sich zufällig im Zimmer befand und rechtzeitig eingriff – seinem Vater. Selbst dem großen Jeff Zimmerman gelang es jedoch trotz all seiner Bemühungen nicht, an der rechten Hand seines Sohnes die Sehne vollständig wiederherzustellen. Albert büßte an diesem Tag nicht nur reichlich Blut und eine Karriere als Maler ein, sondern auch seine Zukunft als Chirurg.

Er kehrte an die Medizinische Fakultät in Harvard zurück, brachte sein Studium mit Auszeichnung zu Ende und wandte sich der Genetik zu. Sein Vater hatte an dieser Wahl nichts auszusetzen. Er hegte die Hoffnung, dass sich die Forschungen seines Sohnes bestens mit seinen eigenen Zielen verbinden ließen. Wieder gingen einige Jahre ins Land, bis ihm klar wurde, dass Albert eine weitere Überraschung für ihn bereithielt. Sei es, dass er es leid geworden war, seinen Schwiegervater zu bekämpfen, sei es, dass er es für zu spät hielt, die Situation noch zu retten – diesmal kapitulierte er.

Albert gab seinem Vater den Gnadenstoß, als er sich nach San Francisco zurückzog und sich in dem supermodernen Laboratorium einigelte, das Großvater Maynard für ihn eingerichtet hatte. Für mehrere Jahre waren die Witze, die seine Geheimnistuerei provozierte, das Einzige, was man über ihn hörte. Der gängigste von ihnen lautete, Albert habe sich in den verschachtelten Korridoren des gewaltigen Gebäudes verlaufen.

Diese Vermutung war nicht völlig unberechtigt, wenn

man bedenkt, dass für mehrere Jahre außer Gerüchten nichts aus seinem Laboratorium drang. Es gab verschiedene einander widersprechende Auffassungen, was den Forschungsgegenstand des Enkels vom alten Maynard betraf. Niemand wusste allerdings etwas mit Gewissheit zu sagen. Bis zu dem Tag, an dem irgendein unbegabter Assistent, den die vergeblichen Versuche frustriert hatten, kündigte und der Öffentlichkeit mitteilte, das Einzige, was Albert Zimmerman entdeckt habe, sei eine originelle Methode, das Geld seines Großvaters aus dem Fenster zu werfen.

Auf die drängenden Fragen einer Fernsehreporterin antwortete Zimmerman sibyllinisch. Er sagte, seine Arbeit habe zum Ziel, die Menschheit von der Vernebelung zu befreien, die ihr von den Mittelmäßigen auferlegt werde, die Streitigkeiten zu beseitigen, die allen wahren Genies den Atem abdrückten und unsere Epoche zu einem völligen Mangel an Originalität verurteilten, das Regime der Willkür zu stürzen und endlich Gerechtigkeit walten zu lassen!

Sowohl die Journalistin als auch die Zuschauer hatten den Eindruck, dass Zimmerman nicht mehr alle beisammen hatte. Weder von Seiten Alberts noch vom alten Maynard gab es weitere nennenswerte Bekundungen, so dass die Angelegenheit rasch in Vergessenheit geriet.

Von Zeit zu Zeit brachte irgendein Journalist mangels eines besseren Themas erneut die Frage auf: »Wonach forscht Albert Zimmerman?« Da Albert jedoch einer ganzen Reihe von Menschen Arbeit gab und das Einzige, was er verschwendete, seine eigene Zeit und sein Familienvermögen war, maß niemand dem Problem besondere Bedeutung bei. Dass sich die Journalisten wiederholt mit der Angelegenheit beschäftigten, hatte schließlich etwas ganz anderes zur Folge. »Erzürnte Leser« – so war der Text unterzeichnet – richteten ein Schreiben an den Herausgeber einer großen Zeitung und stellten klar, dass sich die Leserschaft für die Verschwendung öffentlicher Mittel interessiere, nicht jedoch für wissenschaftliche Spinnereien, insbesondere wenn diese privat finanziert seien.

All dies, der Hohn, den ein Teil der Presse über Zimmerman ausgoss, seine Unterstützung durch die »erzürnten Leser«, die jahrelangen Forschungen und, am wichtigsten, der Skandal um die toten Künstler, wurde kurz vor Zimmermans Referat auf dem Kongress von Ottawa bekannt. Eigentlich müsste ich statt »wurde bekannt« besser sagen »gewann wieder an Aktualität«, denn nichts war neu. Alles war berichtet, erörtert und schließlich im Lauf der Zeit vergessen worden.

Die neue Welle von Interesse kam ins Rollen, als eine junge und ehrgeizige Redakteurin irgendeiner pseudowissenschaftlichen Zeitschrift Zimmermans Namen auf der Teilnehmerliste des Kongresses entdeckte. In der Annahme, einen fetten Fisch an der Angel zu haben, machte sie nicht nur publik, dass Albert Zimmerman – endlich – etwas anzukündigen hatte, sondern informierte auch über alles, was in den unendlichen Jahren seiner Forschungstätigkeit geschehen war. Ihr Text endete ungefähr folgendermaßen: »... Nach all dem ist verständlich, mit welcher Spannung man Zimmermans Referat entgegenfiebert. Und gerade weil er selbst bis heute in keiner Weise dazu beigetragen hat, diese Spannung zu mildern, wäre es gut, wenn seine Forschungsergebnisse diesen Rummel schließlich auch wert sind!«

Allerdings konnte man Zimmerman sicher eines nicht vorwerfen: diesen Rummel angezettelt zu haben. Den Trubel hatten all jene zu verantworten, die sich mit seiner Angelegenheit befassten, darunter last but not least auch ein kanadischer Reporter, der Zimmerman schlicht der Grabräuberei bezichtigte. Um keinen falschen Eindruck zu erwecken, muss ich festhalten, dass die Reportage des Kanadiers alles andere als verleumderisch war, allerdings auch nicht zutreffend. Den Enkel vom alten Maynard zu beschuldigen, er habe nächtliche Raubzüge auf den Pariser Friedhof Père Lachaise unternommen, und ihn zwar indirekt, aber eindeutig mit dem Vandalismus am Grab von Marcel Proust in Verbindung zu bringen, geht ein bisschen zu weit. Irgendeinen Beweis sollte man schon zur Hand haben, wenn man glaubhaft erscheinen will. Ansonsten wird man leicht der Phantasterei beschuldigt, wenn nicht gar ignoriert. So erging es dem armen Kanadier. Die wenigen, die sich überhaupt mit ihm abgaben, bezeichneten ihn als Spinner, irgendjemand schrieb sogar, seine wahre Neigung sei es gewesen, Romane zu schreiben.

Die Untersuchung, die mittlerweile als »Zimmerman-Test« bekannt ist, könnte beweisen, ob der Kanadier oder seine Kritiker Recht hatten. Aber niemand hat sich je bemüht, das herauszufinden, denn nach Zimmermans Referat in Ottawa waren die meisten mit der »Zimmerman-Farce« beschäftigt, wie seine Entdeckung in der ersten Zeit nach dem Kongress voreilig genannt wurde.

Ich denke, ich muss nun endlich berichten, worüber Zimmerman in Ottawa sprach oder wonach er, wenn Sie so wollen, sein ganzes Leben lang suchte und was er schließlich fand – denn wie sich herausstellte, hatte er tatsächlich etwas gefunden.

Zur Steigerung der Spannung, dieses hervorragenden Mittels, dessen sich jeder Autor gern bedient, der seinen Beruf in Ehren hält, greife ich auf die Beschreibung eines damals Anwesenden zurück, die Zimmermans Weg von seinem Platz im hintersten Teil des Saals zum Pult nachzeichnet. Laut dieses Augenzeugen reagierte Zimmerman auf die Aufforderung des Vorsitzenden, das Wort zu ergreifen, mit großer Nervosität. Er erhob sich von seinem Sitz, als sei nicht zu erwarten gewesen, dass man ihn tatsächlich zum Vortrag bitte. Dann bemühte er sich, Ordnung in das Durcheinander von Unterlagen zu seinen Füßen zu bringen, als habe er bis kurz zuvor noch darin gelesen, um seine Lektion aufzusagen. Seine ersten Schritte ließen auf einen verwirrten, wenn nicht betrunkenen Menschen schließen. Aber er hielt sich aufrecht. Die Anwesenden waren voller Erwartung, verbargen jedoch ihre Zweifel kaum – ihr knappes Lächeln und die halberhobenen Augenbrauen ließen Zimmerman den langen Gang des Hörsaals durchmessen, als könne er jederzeit vor ihren Augen zusammenbrechen.

Von Milde für einen Debütanten, um den es sich – so seltsam es auch klingen mag – doch handelte, kann nicht die Rede sein. Albert Zimmerman trat zum ersten Mal in seinem Leben bei einem internationalen Kongress hinter das Rednerpult. Sein Haar war weiß und schütter geworden und seine Haut hatte schon längst begonnen, sich in Falten zu legen, auf das Podium eines Kongresses aber war Albert Zimmerman noch nie gestiegen. Und vielleicht hielt er deshalb inne, als er schließlich oben stand, und betrachtete sein Auditorium mit dem kindlichen Erstaunen desjenigen, der lange gebraucht, es aber schließlich geschafft hat. Er holte tief Atem und … verschluckte sich – offenbar an seinem eigenen Speichel. Im Saal hallte Beifall auf, und eine Vielzahl der Teilnehmer schickte sich an, den Raum zu verlassen, denn genau diese Szene hatte die meisten von ihnen überzeugt, dass Zimmerman nichts zu sagen habe und sie ihre Zeit vergeudeten.

Manchmal, wenn das Warten auf ein Ereignis sich unerklärlich lange hinzieht, nimmt dieses Ereignis aus ebenso unerfindlichen Gründen im Unterbewusstsein reale Dimensionen an, so als sei es bereits eingetreten. Weiter abzuwarten erscheint folglich unerträglich und absurd. Dasselbe ereignete sich höchstwahrscheinlich auch bei den ungeduldigen Zuhörern Zimmermans. Die Übrigen blieben geduldig sitzen, bis er das Wasser getrunken hatte, das vom Vorredner stehen gelassen worden war, sich geräuspert und Atem geschöpft hatte und loslegte. Und Albert Zimmerman begann ungefähr wie folgt:

»Liebe Kollegen« – schon das zweite Wort rief eine Welle missbilligenden Gelächters hervor –, »liebe Kollegen, in meinem heutigen Referat möchte ich Ihnen zeigen, dass die Zeit mitnichten der einzige und letzte Richter der Kunst ist …«

Was darauf folgte, lässt sich nur schwer beschreiben, zum Glück gibt es ja auch keine Veranlassung, das Geschehen zu schildern. Wichtig ist allein, eine Erklärung dafür zu finden. Und die Erklärung liegt auf der Hand. Niemand, und am wenigsten Albert Zimmerman, hatte das Recht, auf einem Genetik-Kongress von Kunst zu sprechen. Wenn seine Teilnehmer etwas Toleranz gezeigt, wenn sie etwas Geduld gehabt hätten, wäre ihnen klar geworden, dass ihr mit Visionen begabter Kollege – dem sie nicht einmal diesen bescheidenen Titel zuerkannten – allerdings allen Grund hatte, auf ihrem Kongress über Kunst zu reden.

Aber nein, sie taten ihm diesen Gefallen nicht. Wer nicht schon gegangen war, ehe Zimmerman sein Referat begonnen hatte, verschwand nach seinen ersten Sätzen. Alle zusammen hatten sie nichts Eiligeres zu tun, als seinen ersten Auftritt auf einem internationalen Kongress nach jahrzehntelangen mühsamen Forschungen als »Farce« zu bezeichnen.

Der Rest, der genug Geduld aufbrachte, um im Saal zu bleiben – oder nicht den Mut hatte zu gehen –, versuchte, denen draußen Zimmermans zugegebenermaßen erstaunliche Entdeckungen zu vermitteln. Jedoch vergeblich. Niemand war bereit zuzuhören, geschweige denn zu begreifen.

Das Verhalten der Teilnehmer des Kongresses von Ottawa ist in den folgenden Jahren ausführlich erörtert worden. Die ganze Welt verwandte Zeit und Mühe darauf, sich zu erklären, wieso Wissenschaftler von diesem Kaliber sich an einem für die Genetik äußerst kritischen Wendepunkt auf derart kindische Weise benommen hatten.

Man brachte die verschiedensten Theorien vor. Die plausibelste war – zumindest meiner Auffassung nach – die Theorie des Outsiders. Albert Zimmerman verkörperte genau das: einen exzentrischen Einsiedler. Natürlich spielte auch der Neid eine Rolle, den die finanzielle Unterstützung seines Großvaters und seine Laborausrüstung hervorriefen. Aber hatten nicht viele der Kongressteilnehmer ähnliche Mittel zur Verfügung? Selbstverständlich war ebenso von Bedeutung, dass es sich um die erste Verlautbarung Zimmermans seit dem Tag seiner Promotion handelte. Aber wäre es nicht logisch gewesen, wenn gerade sein spätes Auftreten ein besonders starkes Interesse hervorgerufen und entsprechende Aufmerksamkeit gefunden hätte?

Deshalb halte ich die Outsider-Theorie für die stichhaltigste. Albert Zimmerman gehörte im Grunde nicht zur wissenschaftlichen Gemeinschaft. Er konkurrierte mit niemandem. Keine ihrer Stellen war seinetwegen in Gefahr. Er hatte es auch nicht auf irgendjemands Forschungsgelder abgesehen. Und da sich seine Untersuchungen so viele Jahre lang unter absoluter Geheimhaltung vollzogen hatten, lag für die meisten auf der Hand, dass sich Zimmerman in einer Sackgasse befand und sein Entschluss, im Alter von siebzig Jahren mit einer ersten wissenschaftlichen Verlautbarung hervorzutreten, nichts anderes als eine Verzweiflungstat war. Genau aus diesem Grund maßen sie der vielleicht wichtigsten Entdeckung des 21. Jahrhunderts keine Bedeutung bei.

Und dafür hat sich die Geschichte an ihnen gerächt. Das Fiasko der Kongressteilnehmer von Ottawa wird seitdem in den Schulen als Beispiel wissenschaftlicher Borniertheit gelehrt und hat in dieser Funktion das Verhalten der Richter von Galileo Galilei längst verdrängt. Der Zimmerman-Test hingegen erhielt, wenn auch spät, den ihm gebührenden Rang im Pantheon der wissenschaftlichen Entdeckungen, und der Mensch, der ihn ersann, seinen Platz in der Götterriege der großen Forscher.

4

Beim Durchlesen des Textes, den ich bislang geschrieben habe, stelle ich mit Überraschung fest, dass meine Schilderung von Albert Zimmermans Leben in den Augen eines anderen wie eine Hymne auf die Leistungen eines brillanten Wissenschaftlers aussehen muss. Dabei war genau das nicht meine Absicht. Wer die Geduld aufbringt weiterzulesen, wird verstehen, dass ich einer von denen bin, die von seiner wissenschaftlichen Leistung indirekt betroffen waren ... was sage ich? ... die ruiniert wurden, einer der vielen, die sich mit einem Dilemma konfrontiert sahen, das auf tragische Weise ihr restliches Leben bestimmen sollte – und das Adjektiv »tragisch« ist keinesfalls als schriftstellerische Übertreibung zu verstehen. In meinem Zustand hat man nicht die geringste Neigung zur Melodramatik oder zum Aufbauschen der Realität.

Die Spannung mag in den Händen eines guten Künstlers ein nützliches Werkzeug sein, aber ich, der ich mich in meinem Leben so sehr bemüht habe, diesen neiderregenden Titel zu erwerben, ich meine, dass jetzt der Augenblick gekommen ist, dieses Werkzeug beiseite zu legen.

Albert Zimmerman gelang es, das Gen des Künstlers zu entdecken. Um genauer zu sein: Es glückte ihm, jene Abschnitte des genetischen Codes zu lokalisieren, die für die künstlerische Veranlagung eines Menschen bestimmend sind. Und nicht nur das! Darüber hinaus beschrieb er mit relativ hoher Genauigkeit die Abstufungen, die bewirken, dass sich die künstlerische Begabung auf die eine oder die andere Weise äußert. Albert Zimmerman fand die Gene des Malers, des Musikers und des Literaten. Im Chaos des Gen-

Materials spürte er jene Stellen auf, die wahres schöpferisches Ingenium verbürgen. Der alte Spruch »poeta nascitur, non fiat!« war endgültig bestätigt.

Ein weiterer Grund, weshalb seine Entdeckung von seinen Kollegen verspottet wurde. Die namhaften Gelehrten, die sich bedeutender wissenschaftlicher Leistungen rühmen konnten und als Lehrstuhlinhaber an berühmten Universitäten amtierten, interessierten sich nur sehr am Rand für Fragen der Kunst. Mag sein, dass sie irgendwann einmal aus eher sozialen Gründen ein Konzert besuchten (vielleicht sogar ein wenig die Lider senkten, angeblich um die Darbietung zu genießen, aber wohl eher um die Augen von den langen Stunden am Mikroskop zu erholen). Mag sein, dass sie Bilder und Skulpturen kauften und ab und an grübelnd vor ihnen standen, aber ihre Gedanken gingen dabei nicht über die Frage hinaus, ob die Kunstwerke zur Einrichtung des Wohnzimmers oder des Büros passten. Möglich auch, dass sie in ihrer Bibliothek eine ganze Anzahl Meisterwerke der Weltliteratur beherbergten – über deren Sinn und Bedeutung allerdings wüssten sie nicht allzu viel zu sagen.

Ich möchte um Himmels willen nicht missverstanden werden. Ich verurteile sie deswegen nicht. Was müsste ich sonst von mir selbst und jenen tausenden anderen halten, die wie ich von den banalsten wissenschaftlichen Errungenschaften keine Ahnung haben und bei den meisten naturwissenschaftlichen Disziplinen nicht in der Lage sind, auch nur deren Gegenstand zu definieren? Ich führe das ausschließlich an, um ihr Verhalten zu erklären, das ansonsten angesichts der Bedeutsamkeit der Zimmermanschen Entdeckung unverständlich und kleinmütig erschiene.

Aber zurück zur Frage des Dilemmas. Mit dem ersten ernsthaften Dilemma meines Lebens sah ich mich nach meinem Schulabschluss konfrontiert. Sollte ich irgendeine Naturwissenschaft wählen, um mich vor dem Chaos der theoretischen Ungewissheit zu schützen, und mich in die feste Welt der Versuche und Beweise einmauern oder sollte ich mich auf das offene Meer des Zweifels wagen, in den Abgrund der Kunst, wie es mir meine Seele diktierte? Mit jugendlichem Übermut wählte ich das Zweite, ohne mir der Tücken des Abenteuers, auf das ich mich einließ, genau bewusst zu sein.

Ich hatte außergewöhnliches Glück in einer außergewöhnlich schwierigen Zeit. 2025, in einem Jahr, an das sich viele noch als an den Höhepunkt der Verlagskrise erinnern werden, kam meine erste Sammlung mit Erzählungen heraus. Kaum ein Monat war vergangen, nachdem ich mein Buch in den Händen hielt, als eine ganzseitige Kritik erschien, die meinen schriftstellerischen Ehrgeiz beflügelte. Die Rezension war vom wichtigsten und strengsten Kritiker jener Zeit unterschrieben, der später zu meinen engen Freunden zählen sollte. Im Grunde genommen handelte es sich um eine Hymne, um ein enthusiastisches Lob, etwas, das der betreffende Kritiker sich nur äußerst selten gestattete, besonders wenn er es mit einem Debüt zu tun hatte. In den folgenden Monaten erschien ungefähr ein Dutzend weiterer Besprechungen, die sich gegenseitig in der Originalität ihrer huldigenden Adjektive zu überbieten suchten.

Keine von ihnen lässt sich jedoch mit den Kritiken vergleichen, die mein erster Roman *Abgrund* einheimste. Mehr brauche ich dazu nicht zu sagen. Innerhalb von vier

Jahren galten meine beiden ersten Bücher als internationale Bestseller. Sie wurden gelesen, prämiert, verkauft und gelobt. Was kann sich ein Schriftsteller mehr wünschen, außer dass seinem nächsten Buch ein ähnliches Schicksal beschieden sein möge?

Genau das trat aber leider nicht ein. Mein drittes Buch – mein zweiter Roman – *Strudel* kam 2029 heraus. Seine Aufnahme beim Publikum stand in genauem Gegensatz zu der meiner beiden ersten Werke. In einer Reihe von Kritiken fragten sich die Rezensenten, ob es sich bei dem »Phänomen« letztlich nur um eine Sternschnuppe gehandelt hatte.

Ich empfand diese Frage als persönliche Beleidigung. Wie war es möglich, dass die Leute, die zuvor meine schriftstellerischen Tugenden in den Himmel gehoben hatten, jetzt solche Sachen schrieben? Wie war es möglich, dass solche Fragen stellte, wer mich vorher mit den Fixsternen des literarischen Firmaments verglichen hatte? Und schließlich, wie konnte es sein, dass sie ihre Meinung so schnell änderten?

Wie zu erwarten war, brach ich zusammen. Bevor mir richtig klar wurde, was ich tat, schrieb ich ein weiteres Buch und drängte meinen Verleger, es herauszubringen. Ich war derart rachedurstig, dass ich seine vernünftigen Einwände völlig ignorierte und die Ablehnung übersah, die sich hinter seinen höflich formulierten Kommentaren verbarg. Diesmal schlugen die Kritiker erbarmungslos zu. Sie metzelten mich nieder. Wenn sie in Bezug auf den *Strudel* Fragen aufgeworfen hatten, so waren sie sich bei *Das blaue Fahrrad* sicher. Sie waren einzig und allein damit beschäftigt, herauszufinden, wie es mir gelungen war, sie mit meinen ersten beiden Werken hinters Licht zu führen. (Unglücklicher Zimmerman, auch ich habe mich einmal mit einem abgeschlagenen Flaschenhals in der Hand wiedergefunden ...)

In den folgenden drei, vier Jahren war es mir unmöglich zu schreiben. Der Erfolg meiner ersten Bücher erlaubte es mir, so lange enthaltsam zu sein. Während dieser Pause war ich so sehr mit dem Verlust meines Ruhmes beschäftigt, dass ich die Artikel über den Zimmerman-Test nicht zur Kenntnis nahm. Ich hatte mich in mich selbst zurückgezogen und suchte nach jenem Wesen, das der Menschheit zwei Meisterwerke und zwei Schundromane geschenkt hatte – beide Charakterisierungen stammten nicht von mir.

Es gelang mir, Mitte 2035 mein fünftes Buch fertig zu stellen. Als ich es vollendete, hatte ich meine Selbstachtung wiedererlangt. Ich hatte erfolgreich meinen Pessimismus und die Angst vor einem drohenden Fiasko eingedämmt und mir winzige Spuren von Optimismus erhalten. Fürsorglich hatte ich sie gehegt, genährt und großgezogen, so dass mein Herz erneut von Hoffnung gewärmt wurde, als ich mich mit dem Manuskript unter dem Arm auf den Weg zu meinem Verleger machte. Ich träumte von einem triumphalen Come-back, das meine endgültige Inthronisation bedeuten sollte. Strahlend leuchtete die Zukunft vor mir. Ich war sicher, dass die Menschheit noch große Dinge von mir erwarten konnte. Und dann hörte ich zum ersten Mal vom Zimmerman-Test.

Die beispiellose Flaute, die das Verlagswesen um die Mitte der zwanziger Jahre heimsuchte, war das nicht gänzlich unerwartete Ergebnis der unvernünftigen Veröffentlichungspraxis gegen Ende des zwanzigsten und zu Beginn des einundzwanzigsten Jahrhunderts. Die zwanziger Jahre waren von engstirnigen Verlagsstrategien gekennzeichnet. Nach 2028 wurden einige vorsichtige Schritte unternommen, um den Aufschwung anzukurbeln, aber die Verleger verabscheuten das Wort »Risiko« noch immer. Während dieser schwierigen Zeit hatte mich der Erfolg meiner Bücher geschützt. Er war so groß, dass er mir auch danach noch den Rücken deckte.

Mein Verleger* war ein netter Mensch, der seine Autoren und die Literatur wirklich liebte. Mir gegenüber verhielt er sich höflich, fast fürsorglich, selbst als die Dinge schief zu laufen begannen. Niemals nörgelte er, niemals beklagte er sich oder ließ mich spüren, dass er auch noch andere Probleme hatte. Zum ersten Mal stieß ich auf Widerstand, als ich ihn traf, um ihm mein fünftes Buch zu übergeben, von dem ich nicht ohne Grund annahm, dass es mein bestes sei. Da ich zunächst Schwierigkeiten hatte zu begreifen, warum er erstmals von widrigen Umständen sprach, bat ich ihn, mit mir Klartext zu reden. Vielleicht weil ich einfach nicht glaubte, dass er mir die Herausgabe eines neuen Buches abschlagen könnte. Und er lehnte auch nicht ab, allerdings unter der Bedingung, dass ich mich dem Zimmerman-Test unterziehe.

Als er mir erklärte, worum es sich handelte, brach ich in Lachen aus. Ich dachte, dass er sich einen Scherz erlaubte.

* Es handelt sich um Nicholas Bird, der um 2019 eine Stelle als Syndikus bei Miramax aufgab, um den Verlag Urban Press zu gründen, der in den vierziger Jahren dann vom Alpha Verlag aufgekauft wurde.

Ich erklärte, dass ich mit so etwas keine Probleme hätte, und verlangte mehr über diese Entdeckung zu erfahren, die allem Anschein nach die Kritiker zum Verschwinden brächte. Mein Verleger betrachtete mich mit ehrlichem Erstaunen, was meine totale Ignoranz in Bezug auf den Test anging, und begann mir allen Ernstes aufzuzählen, was er wusste. Mit einiger Verzögerung wurde mir klar, dass er meinte, was er sagte. Ich bat ihn, es mir zu bestätigen. Er tat es. Ich stand auf, langte mir mein Manuskript von seinem Schreibtisch, nannte ihn lächerlich und schwachsinnig und erklärte, dass ich mich, auch wenn es eine Chance von eins zu einer Million gäbe, dass wahr wäre, was er über den Test erzählte, ihm nicht unterziehen würde. Ich fügte hinzu, dass ich einen solchen Test als Beleidigung meiner Würde und meiner künstlerischen Existenz auffasste und lieber den Rest meines Lebens Müll sammelte, als mich auf diese Art zum Gespött machen zu lassen. Das mit dem Müllsammeln war eine Voraussage, die sich fast bestätigen sollte. Aber schon wieder greife ich vor.

Kurz darauf wandte ich mich an einen anderen Verleger in der Hoffnung, dass der Erfolg meiner ersten Bücher noch nicht ganz verblichen sei. Ich traf auf genau die gleiche Reaktion. Um es kurz zu machen, es gab keinen Verleger, der bereit war, meinen Roman ohne vorherigen Test herauszubringen.

Hätte man das Gleiche kurz nach meinem zweiten Buch von mir verlangt, wäre ich ohne den geringsten Widerspruch darauf eingegangen – wenn nicht aus Selbstgefälligkeit, so zumindest der Erfahrung halber. (Später wurde mir klar, dass die Prozedur nicht komplizierter war als eine Blutuntersuchung, so dass sich diese Erfahrung im

Wesentlichen darauf beschränkte, auf den Befund zu warten.) Aber wie konnte man verlangen, dass ich mich nach der Infragestellung meines Talents – und das ist noch die mildeste Bezeichnung – auf die Seite meiner Kritiker schlagen und meine schöpferische Kraft selbst in Zweifel ziehen würde, und dies auf die drastischste Weise: indem ich mich dem Test unterzog?

Ich lehnte ab. Umgehend. Und entschlossen. Ich hielt mich nicht damit auf, über die Konsequenzen nachzudenken. Und ich ließ selbst dann die Nebeneffekte außer Betracht, als die erste Welle der Wut verrauscht war und das Duett des Unglücks ihren Platz eingenommen hatte: Neugier und Zweifel. Ich widersetzte mich mit einer mir selbst unbekannten Kraft, verschloss Augen und Ohren vor den Sirenen und kettete mich in trotziger Verweigerung an den Mast. So verbrachte ich mein restliches Leben. Ich war nicht der Einzige.

5

Es mag sich lächerlich anhören, aber gerade gestern Abend, kurz nach dem ersten Besuch der Nachtschwester, habe ich mich gefragt, was mich plötzlich gepackt hat, dass ich wieder schreibe. Als hätte ich nicht genug Enttäuschungen erlitten und als handele sich um einen angeborenen Reflex, von dem ich mich selbst in diesen, aller Wahrscheinlichkeit nach meinen letzten Stunden nicht befreien könne.

Reicht der Vorwand, ein Geständnis ablegen zu wollen, um Jahrzehnte schriftstellerischer Sprachlosigkeit und verschiedene fruchtlose Rückfälle vergessen zu machen? Aber selbst wenn man einmal davon ausgeht, wie kann es sein, dass ich ohne das geringste Zögern und ohne mich lächerlich zu fühlen, Papier und Bleistift zur Hand nehme? Und wie ist es möglich, dass die erste Anwandlung von der Vergeblichkeit meines Tuns so lange auf sich warten lässt?

Das fruchtbarste Feld für die Blumen der Erinnerung war immer das Dunkel. Ich löschte die kleine Lampe über meinem Kopf, und das Zimmer füllte sich mit Bildern, die ich für längst verloren gehalten hatte. Es waren Bilder aus der Zeit, als der Schatten der Vergeblichkeit nicht für einen Moment vom Bildschirm meines PCs verschwand – ein selbst ernannter, willkommener Richter, ein Talisman, um den Dünkel zu vertreiben.

»Wright or die!«, lächelten mich die roten Buchstaben vom schwarzen Bildschirm an, ein Wortspiel mit meinem Nachnamen. Ich hatte es mir zum Pausenzeichen gewählt, als ich meinen ersten Roman schrieb. Die Lobesworte, die meinen Erzählungen zuteil geworden waren, hatten mich dermaßen geblendet, dass diese Demonstration von Hingabe und Entschlossenheit sich mir regelrecht aufdrängte.

Später, als der Zweifel einsetzte, änderte ich den Schriftzug. Dieses Mal wählte ich jene quicklebendigen, bunten Würmer, die das Bild fressen und allmählich schwarze Pfade hinterlassen. Die Symbolik erschließt sich nicht so eindeutig, wie man meint. Tatsächlich sah ich bisweilen Kritiker an Stelle von Würmern auf dem Bildschirm, die Buchstaben verschlangen, Worte zerfetzten, Sätze verstümmelten und schließlich meine Seite verschwinden ließen. Und wie einfach das ging!

Es genügte, irgendeine Taste zu berühren, um ihr textverschlingendes Treiben zu unterbinden. In den meisten Fällen erkannte ich jedoch in demjenigen, der meinen Texten auflauerte, mein eigenes Selbst – und in den Abläufen auf dem Bildschirm eine komische Darstellung meiner tiefsten Zweifel wieder.

Muss es also nicht zumindest lächerlich wirken, dass ich es mit nie gekanntem Schwung bis hierher geschafft habe, als hätte ich in all den dazwischenliegenden Jahren des Schweigens nichts anderes getan, als Kräfte zu sammeln und mich vorzubereiten? Worauf aber vorzubereiten? Was mache ich eigentlich? Welchen Sinn hat das, was ich tue, und an wen ist es gerichtet?

Die Fragen entstehen, so absurd das scheint, fast gleichzeitig mit ihrer Beantwortung. Ich versuche zu erklären – das ist es! Ich bemühe mich, mir selber Klarheit zu verschaffen und den Sinn der Haltung auszumachen, auf die ich mich all die Jahre versteift hatte. Ich bin bestrebt, die Sturheit aufzuweichen, die mich in die Versenkung geführt hat.

Und ja: Ich weiß sehr gut, an wen sich mein Schreiben wendet. Es richtet sich an den einzigen Zeugen meines derzeitigen Come-backs.

Und ich glaube, dass er das sogar weiß. Sonst hätte er sich nicht so für die vollgekritzelten Seiten interessiert, die ich gerade noch zusammenraffen konnte, als er zur Morgenvisite erschien. Sein Blick verriet ihn. Er merkte es und bemühte sich nicht einmal darum, es zu verbergen.

»Sie schreiben?«, fragte er mich mit doppeldeutigem Erstaunen. Ich sah ihm in die Augen, nahm die Sauerstoffmaske ab und antwortete mit einem trockenen »Ja«, noch bevor ich die Bedeutung einer solch spontanen Bestätigung erwogen hatte. Er zögerte einige Sekunden. Sein Blick durcheilte das Zimmer, verweilte etwas länger an seinen Schuhspitzen und kehrte dann zu mir zurück.

»Das, das bedeutet, dass …?«

Ich ließ ihn den Satz nicht beenden.

»Nein!«, sagte ich. »Ich habe keinen Bedarf, es zu erfahren … Ich will es nicht wissen.« Er unternahm nicht den geringsten Versuch, seine Verlegenheit zu überspielen. Er setzte an, den Umschlag auf den Nachttisch zu legen, und ein flüchtiger Gedanke ließ seine Hand eine Weile in der Luft schweben. Er lächelte die Wand an, legte den Umschlag schließlich ab und begann zu schwätzen in dem Versuch, das Unerklärliche zu erklären.

»Das bedeutet, dass es Ihnen zumindest moralisch besser geht … Das ist gut! Sehr gut! Sie können sich nicht vorstellen, welche Bedeutung ein guter psychischer Zustand hat … Wie hilfreich das sein kann. Ich meine damit nicht … Ich rede nicht von Wundern, meine Tätigkeit erlaubt mir das nicht … Aber ich bin überzeugt … das kann ich Ihnen verraten, denke ich, … dass der Körper stärker auf die … Signale der Seele, wenn ich so sagen darf, reagiert als auf Antibiotika …« Derartiges murmelte er, bis er verschwand.

Ich weiß nicht, was genau das bedeutet, auf jeden Fall habe ich gestern Nacht besser geschlafen als je zuvor.

6

Ich hatte es innerhalb von zehn Jahren fertig gebracht, den Zenit des literarischen Firmaments zu erklimmen und von dort in die Unsichtbarkeit abzurutschen. Ich brauchte ungefähr noch einmal so viele Jahre, um mir bewusst zu machen, dass es kein Come-back gab.

Der Erfolg vom *Abgrund* erlaubte mir, einem verrückten Wunsch nachzugeben. Für ein Vermögen kaufte ich im zwölften Stock eines Hochhauses ein kleines, helles Apartment, das auf die Ostseite des Park of the Nations hinausging. Dort hinein stellte ich einen neuen PC, eine teure Stereoanlage und eine noch teurere Espressomaschine, einen ziemlich großen Schreibtisch, einen ergonomischen Sessel und eine Couch, die man leicht in ein Bett verwandeln konnte. Die Wände ließ ich mit Bücherregalen und den Fußboden mit einem dicken, einfarbigen Teppichboden verkleiden, um das zu schaffen, was ich als ideale Arbeitsbedingungen ansah. Etwa eine halbe Stunde Fußmarsch trennte das Büro von meiner Wohnung, aber häufig wich ich vom Weg ab, um durch den Park zu laufen, vor allem morgens. Da ich kein Telefon installierte, blieb ich fast immer ungestört, lediglich E-Mails drangen zu mir durch. Überflüssig zu sagen, dass ich nur äußerst selten jemandem erlaubte, mich dort zu besuchen.

In diesem Büro verbrachte ich gewöhnlich acht bis zehn Stunden pro Tag, außer zu den Zeiten, in denen ich ein neues Buch vollendete. Dann unterbrach ich meine Arbeit so gut wie nie, um meine Aufmerksamkeit und mein Interesse nicht teilen zu müssen. An diesem Ort wurden der *Strudel*, *Das blaue Fahrrad* und *Spurensuche* geschrieben, und wie sich daraus mühelos bilanzieren lässt, vollzog sich hier auch mein Ruin!

Dass ich einen Platz zum Arbeiten hatte, war alles andere als Luxus. Der Erfolg vom *Abgrund* ermöglichte ihn mir. Wer meinen ersten Roman gelesen hat, dem muss das wie poetische Gerechtigkeit erscheinen, denn dort wird auf düsterste Art das Grauen vor dem täglichen Chaos geschildert, der Schauder angesichts einer irrsinnigen Routine und die unverständliche, bedingungslose Hinnahme all der Sinnlosigkeit und anarchischen Unordnung, die den Mikrokosmos eines Tages beherrschen. Für den Helden vom *Abgrund* trägt jeder Teil die Wesenszüge des Ganzen. Ein Tag ist nicht einfach ein Tag – er ist ein Teil unseres Daseins. Und folglich handelt es sich bei einem Tag, der unnütz verstreicht, nicht einfach um einen verschwendeten Tag, sondern um ein vergeudetes Leben. Der Held des *Abgrunds* unternimmt es, jeder Minute existenzielles Gewicht zu verleihen. Und deshalb stören ihn gerade die kleinen Zeit und Energie fressenden Widrigkeiten, eine Schlange vor der Bank zum Beispiel oder, noch belangloser, ein einzelner Strumpf im unaufgeräumten Schrank – sie hindern ihn daran, ein erfülltes Leben zu leben.

Wenn wir der Theorie Glauben schenken, dass Schriftsteller nichts anderes schreiben als Kapitel ihrer Autobiographie, und es stimmt, dass jedem Teil die Wesenszüge des Ganzen zu Eigen sind, muss man schlussfolgern, dass ich selbst mich im Helden des *Abgrunds* wiederfinde und dementsprechend, führt man die Analogie weiter, noch vor ihm den Weg in den Wahnsinn beschritten habe.

Es stimmt, dass es in meinem Leben eine lange Periode

gab, in der eine Schlange vor der Bank oder die Verspätungen der städtischen Verkehrsmittel mich verrückt machen konnten. Die geringfügigste Verschiebung einer Fernsehsendung reichte aus, um mir den Tag zu verderben. Der Anblick der Sonntagszeitungen auf dem Wohnzimmerteppich hatte auf mich dieselbe Wirkung wie das Bild eines bombardierten Dorfes aus irgendeiner unruhigen Ecke des Planeten. In die Eingangshalle verwehte Laubblätter glichen für mich den Ruinen nach einem terroristischen Anschlag. Ein Spinnwebenfaden an der Gardinenstange im Esszimmer oder eine Ameisenstraße im Waschbecken hätten eine hysterische Krise auslösen können. Ganz zu schweigen von den Folgen, die ein Leck in einem Heizungsrohr unter dem Eichenparkett für mein Leben gehabt hätte.

Ich brauchte einen Zufluchtsort, einen Platz, der vor den Attacken der anderen geschützt war, einen schlichten und dennoch funktionalen Raum. Einen Tempel, der durch die Konzentration auf weniges und strikt Notwendiges der absoluten Ordnung geweiht sein sollte. Ein Kloster oder eher eine Mönchsklause, wo ich ungestört jede Minute schöpferisch nutzen konnte. Und ich schuf mir diesen Ort.

Meine Zufriedenheit hielt allerdings nicht lange an. Wenn jemand den Anblick zweier Ameisen nicht erträgt, die sich mit einem Krümel abmühen, kann man sich leicht vorstellen, was mit ihm los ist, wenn fünf Verleger hintereinander sein Buch ablehnen, wenn seine Kreativität, die er mit so viel Ausdauer zu schützen versuchte, infrage gestellt wird und man von ihm verlangt, dass er sie zuerst unter Beweis stellen soll – und zwar nicht mit einer Probe seiner Arbeit, sondern seines Blutes.

Dorthin, an jenen Ort flüchtete ich nach der Ablehnung, die *Spurensuche* fortwährend erfuhr. Lange Zeit tat ich nichts anderes, als wieder und wieder das Manuskript zu lesen, bis es mir zum Hals heraushing. Danach schaltete ich erneut den PC an – nicht um zu schreiben, sondern um mich per Internet zu informieren, da ich mich unglaublich schämte, die quälende Angelegenheit mit irgendjemandem zu besprechen.

Es versteht sich, dass ich nicht lange brauchte, um mich durch die Literatur rund um den Zimmerman-Test zu lesen. Ebenso versteht es sich, dass dieses »Informieren« nur einen Vorwand abgab. Mein uneingestandener Ehrgeiz war es, den Fehler des Ganzen zu finden und zu beweisen, dass Zimmermans Kollegen absolut Recht hatten, wenn sie seinen berühmten Test eine Farce schimpften.

Mein Zustand grenzte ans Lächerliche. Beweis dafür ist, dass Psychologen nur einen einzigen Begriff benötigen, um ihn zu beschreiben: Verweigerung. Was durch diesen Terminus erfasst wird, ist natürlich nur ein Übergangsstadium, die erste Stufe bei der Bewältigung eines schmerzlichen Ereignisses, deren letzte Phase seine Akzeptanz darstellt. Nur dass in meinem Fall kein Übergang stattfand.

Ich glaube, ich habe mich nie von dieser ersten Stufe gelöst, selbst dann nicht, als ich mir mein Unvermögen eingestehen musste, den Zimmerman-Test zu entlarven. Auch als meine natürlichen Verbündeten – namhafte Genetiker von den besten Universitäten der Welt, die einst Zimmerman und seine Entdeckung öffentlich verspottet hatten – ablehnend auf meine verzweifelten Appelle reagierten, sich doch zusammenzutun, und einige von ihnen, die sich durch meine Hartnäckigkeit gestört fühlten, mich geistesgestört nannten und ihre E-Mail-Adresse sperrten, insistierte ich. Mir nahe stehende Menschen zeigten ähnliche Reaktionen. Meine engsten Freunde, an deren ehrlichen Absichten ich keinen Grund hatte zu zweifeln, schlugen sich zwar zunächst auf meine Seite. Sobald sie jedoch von der Wucht des Schlages, den ich erlitten hatte, Wind bekamen, zogen sie sich so diskret wie möglich zurück, ohne jemals jenes Entsetzen und jene Verlegenheit in ihrem Blick verbergen zu können, die der Anblick des Wahnsinns hervorruft. Die Mutigsten von ihnen versuchten irgendwann, mich zu überzeugen, dass ich nichts zu verlieren hätte, wenn ich mich dem Test unterzöge. Es versteht sich von selbst, dass ich sie von da an nicht mehr grüßte. Ich brachte es fertig, mich innerhalb von zwei Jahren völlig zu isolieren.

Ich verkroch mich in meiner schlichten Zelle wie ein Tier, das sich in seine Höhle zurückzieht, um seine Wunden zu lecken. Ich mied die Menschen und reduzierte meine Aktivitäten auf ein Minimum. Lange Zeit verließ ich die Wohnung nur, um mir irgendein Buch über den Fortschritt der Genetik zu besorgen. Über einen ähnlich großen Zeitraum ernährte ich mich unzureichend, da ich nur ab und an Essen bestellte. Anfangs konnte mich ein Blick auf den Park of the Nations noch zu einem kurzen Spaziergang um den See verlocken. Aber der Anblick all der Menschen, die mit einem Buch unter dem Arm auf eine freie Bank zustrebten, um dort ihre Mittagspause zu verbringen, ließ diese Spaziergänge zu masochistischen Übungen werden, so dass ich sie bald aufgab.

Während der ganzen Zeit – und ich rede hier von etwas

mehr als anderthalb Jahren – ging ich kaum noch nach Hause. Es geschah nur, wenn ich meine Kleider wechseln musste, ungefähr alle vierzehn Tage also, wenn nicht seltener. Und immer war Sarah da und wartete auf mich. Sie hielt länger aus als alle anderen. Wir trennten uns wenige Monate vor unserem zehnten Jahrestag im Herbst 2038.

7

Wenn Sie das Vorhergehende aufmerksam gelesen haben, mein Lieber (Ich denke doch, dass ich Sie so vertraut anreden darf. Es gibt keinen Grund, warum wir uns voreinander verstecken sollten, oder, Herr Doktor?), dann ist Ihnen sicher noch eine weitere Parallelität zum Leben desjenigen aufgefallen, der mich auf dem Gewissen hat. Auch in Zimmermans Leben gab es eine Sarah. Allerdings kann man ihm nicht vorwerfen, an ihrem Verschwinden schuld zu sein, während ich …

Seit sie mein Leben endgültig verlassen hat, bemühe ich mich auf jede erdenkliche Weise, unsere erste Begegnung in meinem Gedächtnis lebendig zu erhalten. Ich frage mich, warum gerade diese Szene, und gebe mir selbst unangemessen rücksichtsvoll zur Antwort, dass ich versuche, mein schlechtes Gewissen zu beruhigen. Viel wahrscheinlicher ist, dass sie zu den am wenigsten schmerzhaften gehört. Wie dem auch sei – sich zu erinnern ist kein einfaches Geschäft. Erinnerungen sind wie Wolle. Wenn man nicht aufpasst, sie nicht sorgfältig behandelt, dann ziehen sie sich zusammen, sie schrumpfen und dünnen aus. Sie zerfallen in einzelne Bilder, Töne und Gerüche, zu einem Puzzle, von dem mehr als die Hälfte der Teile fehlt. Das Einzige, was ich retten konnte, sind einige Bruchstücke, die von der Zeit willkürlich aneinander montiert wurden.

Für die Lesung in der großen Filiale der Booking-Ladenkette auf der Independence Avenue habe ich aus meinem Erzählband die zweite Erzählung ausgewählt. Es ist die Zeit, als mir Lesungen schon vertraut sind, so dass mich die ganze Prozedur eher amüsiert. Die Erzählung ist einer meiner Lieblingstexte, es muss meine neunte oder zehnte Lesung daraus sein. Gewisse Sätze, selbst ganze Absätze kann ich auswendig. Das erlaubt mir, ab und an den Kopf zu heben und einen Blick auf die Zuhörer zu werfen, um ihre Reaktionen zu erhaschen. Ich sehe, wie sie mich anstarrt, aber ihr Gesichtsausdruck entgeht mir, da sie aus einem Plastikbecher Kaffee trinkt.

Etwas später signiere ich mein Werk an dem großen Tisch, den Bücher mit meinem Foto und ein Blumenstrauß schmücken. Ihre Hand fällt mir auf, sie zittert leicht. Ich unterstelle unsinnigerweise, dass ihr das Buch zu schwer ist, das sie mir hinhält. Ich frage nach ihrem Namen: »Sarah«, sagt sie und bricht sofort in Tränen aus. Ich springe auf und biete ihr an, sich zu setzen. Sie lehnt ab und bittet, während sie sich die Tränen abwischt, um Verzeihung, ganz offensichtlich ist sie verlegen. Hinter ihr in der Reihe wird man ungeduldig. Ich bestehe darauf, dass sie sich neben mich setzt, und sie gibt schüchtern nach. Eine halbe Stunde später verlassen wir den Laden zusammen.

Das ist der Moment, in dem ein uralter Wunschtraum jeden Autors in Erfüllung geht: Er hat seinen idealen Leser gefunden. Wir essen in einem italienischen Restaurant, zwei Blocks vom Ort der Lesung entfernt. Sie isst für vier, und ich versuche herauszufinden, ob ihre lockere Kleidung Überraschungen verbirgt. Ihre magere Hand fuchtelt mit der Gabel durch die Luft und skandiert abgebrochene Sätze und Gedanken, die von einer solchen Arglosigkeit zeugen, dass sie gezwungenermaßen bruchstückhaft bleiben müssen. Sie redet über meine Erzählungen, als wüsste ich nicht, worum es sich handele, als hätte ich sie nicht geschrieben und sie müsste mich, koste es, was es wolle, überzeugen, dass es sich lohnt, sie zu lesen. Ihre Begeisterung ist ergreifend. Sie lässt sie Sinnebenen entdecken, die selbst ich nicht zu erkennen vermag, Anspielungen, die ich nicht annähernd verstanden habe, und Kommentare, die – beabsichtigt, versteht sich – hinter den Zeilen lauern … Kann ich ihr all das nehmen? Ich schiebe meinen Stuhl zurück und entspanne mich. Das ist die Stunde der Belohnung. Hinter meinem Chianti-Glas lächle ich selbstgefällig.

Noch am selben Abend bekomme ich zu spüren, dass ihre Kleider tatsächlich etwas verstecken. Sie liegt rücklings auf meinem Bett, den rechten Arm über ihren Kopf gebeugt und den Mund halb geöffnet, und als sie sich zur Seite dreht, glänzt eine kleine Speichelspur auf ihrer Wange. Das Straßenlicht dringt durch das Fenster und ich zähle mit dem Finger ihre Rippen – so mager ist sie. Auf ihrem linken Bein, etwas über dem Knie, zieht sich eine Naht entlang, die direkt meiner zweiten Erzählung entsprungen ist. Diese Linie ist es, die ihre Anwesenheit so vertraut macht. Ich kenne bereits eine Geschichte aus ihrem Leben, und nicht nur das – ich habe diese Geschichte geschrieben. Es schlägt vier Uhr. Ich reibe mir die Augen. Schließlich rüttle ich sie wach und flüstere ihr zu, dass sie nicht gehen soll ohne mich zu wecken. Sie blieb.

Zehn Jahre lebten wir zusammen. Es hätten glückliche Jahre sein können. Wenn jemand schuld daran ist, dass sie es nicht waren, bin ich es. Ich könnte natürlich behaupten, dass Zimmerman und sein Scheißtest dafür verantwortlich waren, dass die Dinge diesen Lauf nahmen, aber ich bin zu alt und zu müde für solche Ausflüchte. Alles begann sehr viel früher.

Oft denke ich an den Sarkasmus, den der Titel meines zweiten Romans in sich barg, und lächele vor mich hin, obwohl man das missverstehen könnte. Es wurde mir nicht gleich bewusst. Es mussten einige Jahre vergehen, bis ich begriff, dass ich in einen Strudel geraten war und Gefahr lief, nicht mehr aus ihm herauszukommen. Und so geschah es auch.

Auf die ersten harten Kritiken reagierte ich von oben herab. Mein früherer Erfolg gab mir das Recht dazu. Ich maß den Kommentaren der Kritiker, die sich zugegebenermaßen besondere Mühe gaben, wohlwollend zu erscheinen, nicht die geringste Bedeutung zu. Ausnahmslos alle bezogen sich auf meine früheren Bücher und auf das Lob, das mir – auch von ihnen – zuteil geworden war. Gleichermaßen übereinstimmend schlossen sie mit dem Wunsch – wenn nicht der Überzeugung –, dass ich bald wieder auf den rechten Weg geraten werde. Dies verlieh ihrer Meinung über den *Strudel* einen apologetischen Unterton und ließ meinen Dünkel ins Kraut schießen.

Die meisten dieser Kritiken verwahrte ich in einem gelben Aktenordner in der untersten Schublade meines

Schreibtischs, ohne sie eines zweiten Blickes zu würdigen. Eine allerdings behielt ich mehrere Wochen lang zwischen meinen Papieren, da ich seit ihrer Lektüre einen heftigen Drang verspürte, darauf zu antworten. Das war keine einfache Angelegenheit. Ein solches Verhalten ging weit über das Übliche hinaus – und das in einer Branche, in der die kleinste Abweichung von der etablierten Ordnung ausreichte, einen für immer zu brandmarken.

Der Text war von einem blutjungen, bis dahin kaum bekannten Kritiker unterschrieben, über den sich hartnäckig das Gerücht hielt, dass er seine Anstellung bei einer der angesehensten Zeitungen des Landes einer erotischen Beziehung zu dem um fünfunddreißig Jahre älteren Chef des Feuilletons zu verdanken hatte. In den Klatschspalten konkurrierender Blätter erschienen Schnappschüsse zärtlicher Tête-à-têtes – ich muss hier vielleicht daran erinnern, dass Buchkritik und Kritiker damals, das heißt Ende der zwanziger Jahre, noch Wertschätzung genossen –, die von vorsichtig formulierten Kommentaren über die außergewöhnliche Schönheit des Jünglings und die berufliche Reputation seines Gefährten begleitet wurden. So weit so gut. Was jedoch die Gerüchte anfachte, war die augenfällige Inkompetenz des jungen Mannes, ein Makel, der bereits von angesehenen Kollegen in mehreren Fällen indirekt, aber deutlich angesprochen worden war. Ferner wurde berichtet, dass die ganze Sache auch bei der Zeitung selbst als offenes Geheimnis galt und dass der Erste, der sich unterstanden hatte zu äußern, der Kaiser sei nackt – einer der älteren Korrektoren –, anderthalb Jahre vor seiner Pensionierung entlassen worden war.

Es versteht sich von selbst, dass ich nicht daran denken

konnte, die Ansichten des Jünglings über die Behandlung des Themas, die Entwicklung der Hauptperson und das Kompositionsprinzip im *Strudel* zu widerlegen, sosehr ich sie auch ablehnte. Was mich zu einer Reaktion drängte, waren die unübersehbaren syntaktischen Fehler in seinem Text. Der junge Mann hatte eine ununterdrückbare Schwäche für langatmige Satzkonstruktionen, obwohl sein Unvermögen, dieser Vorliebe handwerklich gerecht zu werden, offenkundig war. In der Vergangenheit hatte sich diese Schwäche als wertvoller Bundesgenosse erwiesen, denn es fiel schwer, im Labyrinth seiner Satzkaskaden das Wesentliche auszumachen. Bestenfalls strahlte der Text eine positive (oder negative) Aura aus, ohne dass man die Elemente genau benennen konnte, die dafür ausschlaggebend waren, dass sich die Waage zur einen oder zur anderen Seite geneigt hatte.

In meinem Fall hatte er sich offenbar dazu entschlossen, seine Taktik zu ändern. Er behielt seinen unnachahmlichen Stil bei, versuchte jedoch im letzten Absatz zum ersten Mal, die Dinge beim Namen zu nennen. In fünf einfachen, scharfen und giftigen Sätzen fasste er die Gründe zusammen, warum der *Strudel* – »ohne Zögern« – in den Orkus der Romane versenkt gehöre.

Es war derart einfach, fünfmal so viele Gründe zu formulieren, die zwingend waren, um den Jüngling selbst – »ohne Zögern« – in den Orkus der Kritiker zu werfen, dass ich der Versuchung schließlich erlag. Freunde und Bekannte bestärkten mich in meinem Entschluss. Allerdings hatte ihr Eifer mehr mit ihrer negativen Haltung ihm gegenüber zu tun als mit der Überzeugung, dass mein Vorstoß berechtigt sei.

Auch Sarah schloss sich ihnen an, allerdings aus genau entgegengesetzten Motiven. Mit dem Fanatismus eines Familienmitglieds, einem Fanatismus, der selbst den Kaltblütigsten blenden kann, glaubte Sarah, dass der junge Mann es einmal von jemandem gezeigt kriegen müsse, und sie hatte nicht den geringsten Zweifel, dass ich dieser Jemand war. Ich setzte einen schlichten, eher kurzen Brief an den Feuilletonchef auf und gab ihn erleichtert zur Post. Er wurde unkommentiert im Feuilleton der folgenden Woche veröffentlicht. Als ich ihn gedruckt las, wurde mir mein Fehler bewusst, mehr ein taktischer Fehler als ein Fehler in der Sache, gleichwohl ein Fehler, der sich, sosehr ich auch hoffte, dass er keine ernsten Folgen haben würde, als schicksalhaft erwies, zumindest was meine Beziehung zu Sarah anging.

Vierzehn Tage später wurde Sigmund Boyds* Kritik veröffentlicht. (Mir scheint, dass ich Boyd bereits erwähnt habe, ich glaube, ich habe sogar bereits auf unsere spätere Beziehung angespielt, kann mich jedoch nicht erinnern, an welcher Stelle und aus welchem Anlass, so dass man mir die Wiederholung verzeihen möge.) Sigmund Boyd galt, zumindest zu jener Zeit – vor seinem Fall –, als wichtigster und strengster Literaturkritiker des Landes, und die Böswilligen behaupteten, dass er Ersteres dem Zweiten verdanke. Trotz seiner Angewohnheit, sich bei Debüts mit lobenden Worten zurückzuhalten, hatte Boyd meine Erzählungen und den *Abgrund* in den Himmel gehoben, so

* Boyd, Sigmund (1992–2078), Literaturkritiker des *Herald*. Sein Name tauchte Mitte der sechziger Jahre im Umfeld des Nolan-Skandals auf.

dass man sich leicht vorstellen kann, mit welcher Ungeduld ich seiner Meinung zum *Strudel* entgegenfieberte. Er wurde seinem Ruf als schärfster Hund gerecht und tat genau das, was sein jüngerer Kollege verlangt hatte: Er schleuderte mein Buch in den Orkus, wobei er es für unter seiner Würde hielt, die Gründe für den Widerwillen, den die Lektüre des Textes oder, um exakt zu sein, die Lektüre der ersten 180 von 450 Seiten bei ihm hervorgerufen hatte, genauer zu benennen. Zum ersten Mal in seiner Laufbahn verzichtete Boyd darauf, sich in – präzisen – Anspielungen zu ergehen, was er zu seinem persönlichen Stil erhoben hatte, und kam ohne Umschweife zur Sache. Erstmals in seiner Karriere gab er offen zu, dass er ein Buch nicht zu Ende gelesen hatte.

Es ist sinnlos, hier näher auf Boyds Ausführungen zu meinem Buch einzugehen, denen ich mittlerweile zum Teil beipflichte. Wichtig ist das Resümee seiner Kritik, das ein Drittel des gesamten Textes ausmachte. In diesem Teil brachte Boyd mich direkt mit dem Protagonisten des *Strudels* in Verbindung. Er stellte sich die Frage, wie ein Autor, der mutig das Problem der Sittenlosigkeit im Alltag in Angriff nehme, einem Fehler verfallen könne, den sein eigener Romanheld unter Überschreitung jeglicher sittlicher und rechtlicher Grenzen mit dem Tode bestrafen würde!

Natürlich übertrieb Boyd. Mein Held missachtet zwar tatsächlich Recht und Sitte, wenn er den Fahrer eines falsch geparkten Autos erschießt, aber das ereignet sich erst am Schluss des Buches, als er bereits den Verstand verloren hat und zwischen Wahnsinn und Vernunft taumelt. Und in diesen Zustand hat ihn der Strudel – daher der Titel – der kleinen, nichtigen Anstößigkeiten getrieben, denen sich der moderne Mensch alltäglich ausgesetzt sieht.

Boyd dramatisierte also offensichtlich – und das ausschließlich aus Effekthascherei und noch ehe er überhaupt darlegte, worin meine persönliche Sittenlosigkeit denn zu sehen sei. Boyds Meinung nach hatte sein junger Kollege in der Sache vollkommen Recht. Wenn man ihm etwas vorwerfen könne, dann sei das mangelnde Scharfsichtigkeit und die Unfähigkeit, mit seinen Formulierungen den Punkt zu treffen. »Wenn das jedoch bei einem Kritiker ein Vergehen ist«, schrieb Boyd, und ich erinnere mich noch gut an diese Worte, »dann ist es bei einem Autor ein Verbrechen.« Boyd war der Ansicht, dass ich mich im *Strudel* weit schwerwiegenderer Sünden als mangelnder Scharfsichtigkeit und Stringenz schuldig gemacht hatte. Er bezeichnete den Roman ohne Bedenken als »schlechtes Werk« und zögerte nicht im Geringsten, auch mich als einen »Verbrecher den Buchstaben nach« zu charakterisieren. Sein Text schloss etwa wie folgt: »Dass der Übeltäter – und zwar mit einem unerträglichen Dünkel – so weit geht, den Kleinkriminellen anzuklagen und selbst dabei ungestraft bleibt, kann man, glaube ich, als volle Bestätigung der offiziellen Haltung des Autors ansehen, dass unsere Welt in einem Strudel der Sittenlosigkeit versinkt ...«

Der Schlag, den Boyds Kritik mir versetzte, war schmerzhaft. Und er peinigte mich noch mehr, als ich trotz aller Anstrengung nicht den Mut fand, ihm zu widersprechen. Ich hatte den Eindruck, in eine Sackgasse geraten zu sein und nicht einmal mehr die Kraft zu finden, wieder umzukehren. Das Gefühl der Ausweglosigkeit wurde durch den Umstand verstärkt, dass ich niemanden hatte, mit dem ich es teilen konnte. Diejenigen Freunde und Bekannten, die mich ermuntert hatten, dem jungen Kritiker seine Ohrfeige zurückzugeben, aber auch die Übrigen fingen an, mir aus dem Weg zu gehen, ohne auch nur die Form zu wahren. Die wenigen Kollegen, zu denen ich eine Beziehung unterhielt, begannen mich scheel anzuschauen. Die Leute aus dem Verlagswesen ergriffen vor mir die Flucht, als hätte ich die gefährlichste aller ansteckenden Krankheiten. Selbst einige meiner Nachbarn, von denen ich keinesfalls annahm, dass sie die Seiten mit den Buchkritiken lasen, begleiteten ihren Gruß durch ein Hochziehen der Augenbrauen und hielten sich rasch die Hand vor den Mund, um ein ironisches Lächeln zu verbergen.

Nur Sarah stand mit unbegreiflicher Entschlossenheit zu mir, als schöpfe sie in dem Bemühen, unser System im Gleichgewicht zu halten, Kraft aus meiner Schwäche. Aber anstatt sie deswegen zu bewundern und mich ihrer manischen Fürsorge zu überlassen, ging ich so weit, sie der Oberflächlichkeit zu bezichtigen. Ich warf ihr vor, sie sei völlig unfähig, eine so kritische Situation einzuschätzen. Sarah beharrte darauf, dass ich nichts Böses getan habe, dass ich der Stimme meines Gewissens gefolgt und dies ein Beweis meiner sittlichen Größe sei und sie selbst und alle anderen mir nur zu bestätigen versucht hätten, dass mein Gewissen mich richtig leitete. Was Boyd anging, duldete sie keinen Widerspruch. Die Heftigkeit seiner Reaktion führte sie ausschließlich auf seinen verletzten esprit de corps zurück. Wie sie sehr gut wusste, war das auch die einzige Basis, auf die sie ihre Argumente stützen konnte.

Ihre übermäßige Zuwendung verleitete sie dazu, die absurdesten Theorien zu entwickeln, um meinen Widerstand zu brechen. Eine davon, die ich unter anderen Umständen ernster genommen hätte, war die Theorie des erwarteten Ergebnisses. Nach dieser Theorie bestimmen die ersten beiden Werke eines Künstlers – denn die Theorie sei über die Literatur hinaus anwendbar –, was man von seiner nächsten Schöpfung erwartet. Wenn zum Beispiel das zweite Werk künstlerisch nicht über das erste hinausgeht, rechnet man für das dritte mit einem vergleichbaren Niveau. Übertrifft das zweite hingegen das erste, dann verspricht man sich vom folgenden Werk eine erneute Steigerung und so fort. Ähnlich sei mein Fall gelagert und damit – laut Sarah – auch das schwierigste Stadium in der Laufbahn eines Künstlers erreicht. Wenn man den *Abgrund* für schwächer erachtet hätte als die Erzählungen, wäre nach ihrer Theorie der *Strudel* ein Triumph geworden.

Es versteht sich, dass ich ihre Theorie ohne einen weiteren Gedanken verwarf, diese ebenso wie die Theorie des positiven Grenzwertes, der zufolge ein Künstler, der immer wieder die an ihn gestellten Erwartungen erfüllt, irgendwann – wobei schwer vorauszusagen sei, wann genau – auf Ablehnung stößt. Und das nicht, weil sein Werk nicht mehr als einen Verriss verdient, sondern weil er die positive Erwartung der Leser und Kritiker an die äußerste Grenze getrieben und ihre Ausdauer überstrapaziert hat, was Überraschungen betrifft.

Ich hasste sie. Ich glaubte, sie spiele irgendwelche Spiele mit mir und denke sich Tricks aus wie Eltern, die versuchen, ihr störrisches Kind zu täuschen. Ich warf ihr vor, sie wende billige Kniffe aus ihrem Fachgebiet an – sie hatte Kinderpsychologie studiert –, um mich zu überreden, und drohte ihr, dass ich mir das nicht lange bieten lassen würde. Daraufhin änderte sie ihre Taktik und beackerte ein neues Feld. Sie bemühte sich, mich zu überzeugen, dass der *Strudel* den *Abgrund* übertraf, und zwar nicht nur in Bezug auf seine Meisterschaft, sondern auch hinsichtlich der Gewichtigkeit seines Themas. Ihre Fußangel war so geschickt ausgelegt, dass ich beinahe darüber gestolpert wäre. Vielleicht weil ich die gleiche Meinung hatte – nicht so sehr was die Meisterschaft, aber was die Bedeutung des Themas betraf – und wir gewöhnlich mit dem einverstanden sind, was in unserem Innern auf fruchtbaren Boden trifft.

Für kurze Zeit gelang es uns, eine kleine Brücke zu errichten, über die wir uns verständigen konnten. Das alleinige Thema unserer Gespräche war der *Strudel*, insbesondere die Struktur des Romans und sein Held – über das Thema wenigstens brauchten wir nicht zu streiten. Ich musste zuletzt selbst die Kritiken aus dem gelben Ordner in der untersten Schreibtischschublade heranziehen, um Argumente zu finden, die ihre widerlegten. Allmählich betrachtete ich das Buch wieder mit den Augen, mit denen ich es gesehen hatte, ehe ich es dem Verleger übergab. Das Einzige, was offen blieb, war, wieso all die anderen es nicht auch so sahen. Aber als ihr die Argumente ausgingen und die mehrmonatige Anstrengung sie ermüdet hatte, beging Sarah den Fehler, ihren letzten Einfall mit ihrer ursprünglichen Taktik zu verbinden. Sie behauptete, der *Strudel* überbiete zwar den *Abgrund*, aber eben nicht in dem Maß, wie es sich alle nach dem Prinzip des erwarteten Ergebnisses erhofft hätten …

Ich erinnere mich noch genau an den Moment. Wir sitzen uns auf dem halbkreisförmigen Sofa gegenüber, das vor dem Fenster zum Garten steht. Ich halte ein Glas in den Händen und schaue sie an, jedenfalls sieht es so aus, weil mein Blick auf das Licht gerichtet ist, das ihre rechte Wange umspielt. Als sie es ausspricht, brauche ich einige Zeit, um es mir bewusst zu machen. Mit einiger Verspätung erwache ich aus meiner Starre und versuche, ihren Blick zu deuten. Ich will die Gelegenheit nicht versäumen, will, und sei es auch nur die Andeutung einer Lüge entdecken, bevor es zu spät ist und sie hinter anderen Gedanken verschwindet. Für einige Sekunden habe ich das Gefühl, dass alles an einem Faden hängt, dass alles darauf beruht, wie schnell sie ihre Augen hebt oder wie bewusst sie ihre Wimpern spielen lässt …

Zum zweiten Mal erlebe ich mit ihr eine Szene, die ich selbst geschrieben habe. Die erste war zugleich der Beginn unserer Beziehung. Diese hier ist der Anfang vom Ende. Der Held des *Strudels* sucht am Schluss des Buches, als sich sein Geist bereits verwirrt hat, nach einer rettenden Planke, einem Streifen festen Grundes, um sich daran festzuhalten und aus dem Treibsand zu ziehen, in dem er sich gefangen glaubt. In seine Wohnung eingeschlossen und seit geraumer Zeit isoliert, erhält er unerwartet Besuch von seiner Frau. Am Anfang glaubt er an einen Schritt zur Versöhnung, dessen Ziel ihre endgültige Rückkehr ist. Er begrüßt sie mit echter Freude und benimmt sich wie ein Kind, das auf seiner Geburtstagsparty den ersten Gast empfängt, ist verlegen und linkisch und bringt sie sogar zum Lächeln. Allein er merkt, dass ihr Lächeln unvermittelt gefriert. Sie schweigen und schauen eine Weile über den unaufgeräumten Tisch, bis sie es nicht mehr aushält und kurz die Augen schließt, bereit, die Wahrheit auszusprechen – was längst überflüssig ist …

Alles, was sie ihm nun sagen wird, hat er in jener überzähligen Hundertstelsekunde gesehen, für die sie ihre Augen schloss, als würden ihre Gedanken darauf lasten. Mein Held wartet nicht, bis er sie zu hören bekommt. Er stellt sich taub für ihre Bitten zu bleiben, flieht und stolpert über die umgeschlagene Teppichkante. Einige Stunden später tötet er am Ende einer wahnsinnigen Tour den Fahrer eines falsch geparkten Autos, was zu seiner Verhaftung, zum Prozess und schließlich zu seiner Verbringung in eine geschlossene Anstalt führt.

Der einzige Unterschied besteht darin, dass ich nicht stolpere, obwohl ich beinahe auf das Glas trete, das mir aus den Händen gerutscht ist. Ich erinnere mich noch, wie ich über die Lache schreite, die das verschüttete Getränk auf dem Boden bildet, wie meine Sohle das kurze, dicke Glas zur Seite stößt, wie ein Eisstück zertreten wird …

Nichts wurde wieder wie vorher. Wir waren noch Jahre zusammen. Ein zerbrochener Mensch hat nicht die Kraft, große Entscheidungen zu treffen. Und was ich an Kraft noch aufbringen konnte, brauchte ich, um den Entschluss zu fassen, wieder zu schreiben. Ich nehme an, dass sie aus Mitleid bei mir ausharrte. Ich habe sie nie gefragt, auch nicht bei unserem letzten Treffen Jahre später. Von jenem Moment an hatte alles keinen Sinn mehr. Mir blieben ihre ehrlichen, fast herzzerreißenden Bemühungen, mich wieder aufzubauen. Es war zwecklos. *Das blaue Fahrrad* bekam sie erst zu Gesicht, als es gedruckt war. Ich hielt sie aus diesem und auch aus dem nächsten Projekt heraus.

Das verzieh sie mir nicht, und ich kann es ihr nicht verdenken. Verschiedentlich unternahm sie Versuche, mein Selbstvertrauen zu stärken, ohne selbst daran zu glauben. Vielleicht war äußerste Verzweiflung der Grund dafür, dass sie mir kurz vor unserer Trennung vorschlug, ich solle mich dem Zimmerman-Test unterziehen – sie sei sicher, dass er positiv ausfalle. Von diesem Tag an sprach ich nicht einmal mehr mit ihr. Ohne Vorankündigung und ohne einen Abschiedszettel zu hinterlassen, verschwand sie aus der Wohnung. An ihrer Stelle hätte ich dasselbe gemacht. Da ich abgeschieden in meinem Büro hauste, bemerkte ich es erst nach einigen Tagen. Ich war vollkommen allein, wie ich es verdient hatte.

8

»Sie haben heute Ihre Mappe vergessen«, sage ich und weide mich an seiner Verlegenheit. Er läuft bis zu den Ohren rot an. Er ist ungefähr fünfundvierzig Jahre alt und hat ein längliches Gesicht, das durch seine Glatze noch länger wirkt. Aber weder sie noch sein dichter Schnurrbart können die Kindlichkeit der übrigen Gesichtszüge ausgleichen, der dicklichen Wangen, seines kleinen, rötlichen Mundes und seiner lachenden Augen. Er ist ziemlich groß und hat lange Finger mit gleichmäßig abgekauten Nägeln. Seine Kleidung passt nicht ganz zu seinem Alter und seinem Beruf, sie ist einen Hauch jugendlicher, als man erwarten würde.

Er lächelt. Wir beide haben uns verstanden. Er nuschelt eine Erklärung, an die er selbst nicht glaubt: Dass er sie wahrscheinlich in einem anderen Krankenzimmer vergessen habe und schleunigst suchen werde. Ihm wird bewusst, wie unaufrichtig er klingt, und deshalb fährt er fort. Er zählt den Inhalt der Mappe auf, um mich zu überzeugen, dass sie nicht unbedingt nötig ist. Natürlich hütet er sich davor, das Testergebnis zu erwähnen. Er beendet seine Aufzählung, und ich entschließe mich, das Ganze auf die Spitze zu treiben.

»Das war alles?«, frage ich ihn.

Es gelingt ihm, einigermaßen ernst zu werden.

»Das war alles! Was denn sonst?«, stößt er nach.

Ich lasse es dabei bewenden. Er hat genug Zeit gewonnen, um seine Fassung wiederzuerlangen, und beginnt, irgendetwas über die Entwicklung meines Zustands zu murmeln. Er redet von ermutigenden Zeichen, von günstigen Aussichten. Die Formulierungen muten mir nicht sehr wissenschaftlich an. Ich sage es ihm. Er zuckt mit den Schultern. Dann packt ihn eine philosophische Anwandlung. Er fängt an, über die Grenzen der Wissenschaft zu reden und enthüllt mir auf diese Weise – wahrscheinlich ungewollt –, dass mein Zustand diese Grenzen erreicht, wenn nicht bereits überschritten hat. Ich unterbreche ihn mitten im Satz. Ich frage ihn, wie viel Zeit mir verbleibt, und bestehe auf einer ehrlichen Antwort. Er schaut mich eine Weile stumm an und setzt sich ans Fußende des Bettes. Bei dem Gedanken, dass er innerlich zählt, kann ich ein Lächeln nicht unterdrücken. Er reagiert nicht darauf. Wieder fängt er an, von den Grenzen der Wissenschaft zu sprechen, nur dass er diesmal Sätze über die Grenzen des menschlichen Willens einfließen lässt. Ein noch nicht lange zurückliegender Vorfall muss als Beispiel herhalten.

Er erzählt mir von einer Kranken, die man bereits aufgegeben hatte und die ihr Leben über jede wissenschaftliche Erwartung hinaus verlängerte, um ihre Tochter, die sich am anderen Ende der Erde befand, ein letztes Mal zu sehen. Ich weiß nicht warum, aber für mich hört sich das alles nach einem billigen journalistischen Artikel an, wie sie geschrieben werden, um den Durchschnittsleser zu trösten. Er protestiert. Der Vergleich gefällt ihm ganz und gar nicht. Um sich zu verteidigen, geht er vom Allgemeinen zum Besonderen über und kommt auf unser letztes Gespräch zurück. Er deutet auf die Geräte, die mich umgeben, und fragt mich, worauf meiner Ansicht nach die plötzliche Besserung der lebenswichtigen Körperfunktionen zurückzuführen sei, die sich so schön auf den Bildschirmen abzeichne.

»Na ... auf Sie!«, sage ich und meine es vollkommen ehrlich. Er lächelt und senkt den Kopf, allerdings nicht aus Bescheidenheit, sondern voller Zweifel.

»Wir tun, was in unseren Kräften steht. Wenn ich Ihnen nun sagen würde, ich sei mir sicher, dass dieses Geheimnis in den Blättern verborgen liegt, die Sie so eifrig unter Ihrem Kopfkissen verstecken?«

»Aber was hat das damit ...« Noch bevor ich den Satz beendet habe, wird mir klar, dass es überflüssig ist, Widerstand zu leisten. Er schaut mir mit dem ernstesten Ausdruck der Welt in die Augen. Ich lächele. »Dann sollte ich mich wohl nicht beeilen.«

»Nur ein dickes Buch ist ein gutes Buch, wie die Verleger früher sagten. Wenn es doch Ihrer Gesundheit dient!«

Er erhebt sich mit frischem Elan und fummelt an den Knöpfen der Geräte herum. »Worum geht es? Wenn ich fragen darf, natürlich«, fährt er nach einer Weile fort. Er schaut mich nicht an.

»Um meine Memoiren!«, sage ich. »Ich versuche die Antwort auf eine Frage zu finden, die mich seit vielen Jahren quält.« Und nach einer kleinen, aber bedeutungsschwangeren Pause: »Sie verstehen doch, nicht wahr?«

Sein Interesse ist geweckt. Eine Weile schaut er mich an, ohne etwas zu sagen. Dann wendet er sich wieder dem Bildschirm zu, ohne ihn wahrzunehmen, und macht einem unsichtbaren Gesprächspartner ein Zeichen, dass er in der Tat verstehe. »Ja! Ich glaube, ja«, sagt er und beginnt am Nagel seines rechten Zeigefingers zu kauen. Irgendetwas arbeitet in ihm. Er will weitersprechen, aber dieses Etwas hält ihn zurück. Zögernd bewegt er sich vor den Geräten hin und her. Er tut so, als konsultiere er den grünlichen Papierstreifen, der hinter dem Drucker ein Knäuel bildet. Er reißt ein Stück ab, um es genauer zu studieren, faltet es zusammen und steckt es in seine Tasche. Bei dieser Gelegenheit lässt er auch seine Hände in dem weißen Kittel verschwinden. Er blickt mich an. Er ist bereit es auszusprechen. Es bewegt schon seinen Gaumen, die zusammengepressten Lippen verraten ihn.

»Als ich jünger war, habe ich viel gelesen ...«, sagt er schließlich. »Auch Literatur und ... Und auch jetzt manchmal ... Wenn mir was in die Hände fällt ... Besonders wenn ich Bereitschaftsdienst habe!« Das Letzte garniert er mit einem selbstironischen Ton.

Ernst schaue ich ihn an. Ja, wir haben uns verstanden. Er weiß, was ich von ihm will, und ich bin ihm dankbar, dass er es mir nicht noch schwerer macht.

9

Speziell gegen Ende des letzten Jahrhunderts gab es eine Zeit, in der das Autobiographische mit Macht die Prosaliteratur okkupierte und das erschlaffte Interesse des Lesepublikums wach kitzelte. Die Verleger, die den Trend beobachtet hatten, wandten sich sehr schnell der »reinen« Autobiographie zu, um diese Entwicklung zu nutzen. Der Markt wurde von entsprechenden Titeln überschwemmt. Sie erzielten unglaubliche Verkaufszahlen. Jede Berühmtheit, die etwas auf sich gab – und wer sich an diese Jahre erinnert, dem wird in den Sinn kommen, dass es damals nicht allzu schwierig war, berühmt zu werden –, fühlte sich bemüßigt, ihr Leben oder zumindest den Ausschnitt davon zu erzählen, den sie für am interessantesten hielt. Lange Zeit schien es, als habe das Leben den jahrhundertealten Wettstreit mit der Kunst, wer von wem abschreibe, gewonnen.

Als die Buchproduktion einer reality show immer ähnlicher wurde und die Autoren die Gefahr erkannten, die ihnen hier erwuchs, gingen sie mit nie gesehener Heftigkeit zum Gegenangriff über. Sie stürzten sich auf ihre Vergangenheit, und wenn das nicht reichte, auf die Vergangenheit ihrer Vorfahren und gruben auch das letzte verwertbare autobiographische Element aus. In Interviews äußerten sie sich selten zu ihrem Werk. Und in der Tat war es sicher besser, dass sie über den biographischen Hintergrund sprachen, aus dem es hervorgegangen war. Die biographischen Informationen, die sich einst auf wenige Zeilen auf dem Buchumschlag beschränkt hatten, nahmen nun ein eigenes Kapitel am Ende des jeweiligen Werkes ein. Das früher übliche Foto des Autors auf dem Umschlag oder auf der Rückseite des Buches behielt man bei, es wurde jedoch um eine ganze Serie von Abbildungen im biographischen Kapitel ergänzt. Das Ganze war eigentlich lächerlich, da die Bücher für die Autoren nur noch einen Vorwand abgaben, um ihr Leben und familiäre Geschichten auszubreiten. In nicht wenigen Fällen gingen Familien gerichtlich gegen ihre schriftstellernden Mitglieder vor, die darauf beharrten, die schmutzige Wäsche der Sippschaft in aller Öffentlichkeit zu waschen.

Zimmerman bereitete diesem Treiben ein Ende. Da die Schriftsteller dank des Tests ihr literarisches Talent nicht mehr unter Beweis stellen mussten, hatten sie auch keine billigen Tricks mehr nötig, um die Aufmerksamkeit der Leser zu gewinnen.

Ich schreibe das, um mich über meine eigene Dreistigkeit lustig zu machen! Ich bin mir sicher, dass ich Sie nun ziemlich verwirrt habe, mein Lieber – es ist doch so, oder? Aber machen Sie sich einmal klar, dass seit der Einführung des Tests dreißig und mehr Jahre vergangen sind! Machen Sie sich klar, dass dies jemand schreibt, der sich mit zorniger Beharrlichkeit weigerte am Test teilzunehmen! Und führen Sie sich schließlich die Unverfrorenheit eines Menschen vor Augen, der seinen Text »Memoiren« nennt, wie ich es bei unserem letzten Gespräch tat.

Ich frage mich, ob ich eigentlich selbst daran glaube, dass es sich um Memoiren handelt, oder ob ich sie nur so nenne aus Angst, dass man mich des Hochmuts bezichtigt. In meinen Ohren dröhnt das Summen der Geräte, die mich am Leben halten und mir erlauben – und für wie lange noch? – mit meinem kühnen Vorhaben fortzufahren. Der leidenschaftliche Schmerz über meine unerfüllten Träume führt meine Hand. Die gattungstheoretische Einordnung meiner letzten Beichte interessiert mich nicht, zumindest sollte sie mich nicht interessieren, und dennoch ...

Im hintersten Winkel, in der dunkelsten Ecke meines Gehirns leuchten die Augen des ehrgeizigen Ungeheuers, das sich in mir verbirgt. Worauf kann ich noch hoffen? Trotz unserer unausgesprochenen Einigung, trotz Ihrer großherzigen Akzeptanz meines stummen Vorschlags, worauf kann ich tatsächlich noch hoffen? Im günstigsten Fall auf einen weiteren – einen letzten? – Leser. Ich frage mich, ob das reicht, all die verlorene Zeit aufzuwiegen. Noch eine Frage von der ich fürchte, dass sie unbeantwortet bleibt.

10

Mitte der dreißiger Jahre genoss der Zimmerman-Test bereits allgemein Anerkennung, wenn auch die Konsequenzen, die er für die Welt der Kunst mit sich brachte, gerade erst sichtbar zu werden begannen. Schon am Anfang des folgenden Jahrzehnts konnte niemand mehr daran zweifeln, in welche Richtung die Dinge sich entwickelten. Aber selbst dann, mein lieber Doktor, waren Sie wohl nicht in der Lage, die Tragweite des universalen Umbruchs vollständig zu erfassen. Im Alter von zehn, höchstens zwölf Jahren wird Sie der Wind, der die Träume tausender Künstler auf der ganzen Welt hinwegraffte, wohl unberührt gelassen haben. Deshalb bitte ich um Nachsicht für die knappen Erläuterungen, die ich anfügen will.

Die Veränderungen, die während dieser Jahre vor sich gingen, muss man als welterschütternd bezeichnen. Innerhalb von nur wenigen Jahren verwandelte sich das Reich der Kunst buchstäblich in eine schöne neue Welt – für diejenigen zumindest, die nichts zu verlieren hatten. Das waren zunächst alle, die in keiner direkten Beziehung zur Kunst standen, sich also nicht kreativ betätigten, es galt aber auch für jene, die von Beginn an die Welt nur in ihrer neuen Form kennen gelernt hatten (wie Sie, mein Lieber).

Ihnen allen erschien es keineswegs unlogisch, dass ein Schriftsteller so wie, sagen wir, ein Arzt zunächst seine Befähigung nachzuweisen hatte, bevor er eingestellt wurde. Für sie war es völlig bedeutungslos, dass er anstatt eines Diploms die Bescheinigung eines DNA-Labors vorweisen musste. Sie fanden es einfach amüsant, dass sämtliche früheren Künstler infrage gestellt werden konnten, denn niemand von ihnen überschaute die Konsequenzen. Ziemlich rasch jedoch waren die Folgen des Zimmerman-Tests zu spüren, und es dauerte auch nicht lange, bis ihre tatsächlichen Dimensionen sichtbar wurden.

Die meisten Verlage zum Beispiel, deren Wunden aus der Zeit der Flaute gerade erst verheilt waren, besaßen unverhofft ein sicheres Kriterium für ihre Auswahl, darüber hinaus aber auch eine Möglichkeit, ihre Betriebskosten zu senken. Wozu bedurfte man noch der Lektoren und Redakteure, wenn es den Test gab? Schon in den ersten Jahren begannen die großen Verlagshäuser, mit der Neuordnung ihrer Autorenlisten auch ihr Personal drastisch zu reduzieren. Da die Produktionskosten spektakulär sanken, konnten sie ihre Vertriebs- und Marketingabteilung weiter ausbauen. Die Verkaufszahlen stiegen steil an. Die kleineren Verlage, die weder genug Personal beschäftigten, als dass dessen Verringerung profitabel gewesen wäre, noch über große Spielräume in ihrem Budget für Vertrieb und Werbung verfügten, erlitten ein Fiasko. Eine Zeit lang war der Aufkauf der »Kleinen« das einzige Wettbewerbsfeld der »Großen«, so dass im Ergebnis nur die Verlagsriesen übrig blieben, wie sie noch heute existieren.

Die meisten etablierten Schriftsteller – und mit »etabliert« meine ich sowohl Autoren, deren Bücher großen kommerziellen Erfolg erzielten, als auch ihre Kollegen, die künstlerische Wertschätzung genossen –, die meisten also lehnten es ab, sich testen zu lassen. In der Mehrzahl der Fälle hatte das keine unmittelbaren Auswirkungen. Ihre Bücher wurden weiterhin verlegt, gekauft, gelesen und besprochen. Was nicht heißen soll, dass es nicht auch Überraschungen gab. Besonders zu Beginn ließen sich einige besonders Mutige oder sehr von sich Eingenommene bereitwillig testen. Sie waren überzeugt, selbst bei einem negativen Resultat nichts befürchten zu müssen. Nicht wenige beeilten sich, schon im Vorfeld Erklärungen abzugeben, in denen sie die ganze Angelegenheit als amüsant bezeichneten, und spekulierten listig auf zusätzliche Publicity. Kurzfristig gesehen sollten sie Recht behalten. Ich bin mir allerdings sicher, dass sie es letztendlich bereuten – und zwar bitterlich.

Die jüngeren wie generell die ehrgeizigen Schriftsteller sahen sich einem gewaltigen Hindernis gegenüber. Wenn sie einen Platz am literarischen Firmament anstrebten oder ihren Namen wenigstens auf einem Buchdeckel gedruckt sehen wollten, mussten sie den Test absolvieren und auf ein positives Ergebnis hoffen. Ging alles gut, dann konnten sie

– die Bescheinigung des Labors in der Hand wie einen literarischen Pass – berechtigte Hoffnungen hegen, dass die Verleger sie mit offenen Armen empfangen würden.

Und genau so geschah es. Die Berühmten und Gefeierten, deren Renommee keinen Zweifel an ihrem Talent erlaubte, setzten ihre künstlerische Produktion unbehindert fort, ohne den Test zu benötigen. Weder sie selbst noch ihre Verleger waren daran interessiert, all die Mühe, die Zeit und das Geld aufs Spiel zu setzen, die man für die Produktion und Verbreitung ihres Werkes aufgewendet hatte. Im Laufe der Jahre allerdings wurden auch sie von den Ausläufern des Sturms gebeutelt. Das Leuchten der Jüngeren brachte ihren Stern allmählich zum Verblassen, bis er schließlich erlosch – etwas früher vielleicht, als man hätte erwarten können. Das alles freilich beschreibt die Situation der wenigsten. In Künstlerkreisen waren sie als die *Nichtbetroffenen* bekannt.

Die zweite Kategorie, die unmittelbar nach Bekanntwerden des Tests entstand, bildeten die *Wunderkinder.* Der Werdegang der Kinder ist – insbesondere was den Beruf betrifft – die Hauptsorge der Eltern. Da die Entzifferung der DNA in den Speziallaboren zu einem Routinevorgang geworden war, konnte man auf sehr einfache Weise bereits sehr früh – bei der Geburt des Kindes oder sogar noch eher – feststellen, ob der Stammhalter oder die Tochter Talent besaßen. Die Bestätigung des Labors wurde von den stolzen Eltern ohne Umschweife zur Auktion gebracht und der zukünftige Star vom meistbietenden Verlag in dessen Autorenschaft eingegliedert, noch bevor er laufen konnte. Interviews und Fotos bereiteten das Publikum beizeiten auf den im Brutkasten befindlichen Schriftsteller vor, dessen Erscheinen auf dem Markt nicht lange auf sich warten ließ. Die Regale der Buchläden füllten sich mit den Arbeiten Achtzehnjähriger, gewöhnlich handelte es sich um Romane von wenigen Seiten. Wozu sollte man auch, wenn das öffentliche Interesse und eine positive Aufnahme von vornherein gesichert waren, noch dicke Bände füllen?

An dieser Stelle muss ich wohl ein paar Sätze einschieben, weil ich glaube, die Dinge noch nicht völlig klargestellt zu haben. Dass ich selber Schriftsteller war und daher die Situation aus diesem Blickwinkel beschreibe, bedeutet nicht, dass die anderen Kunstformen von dem ganzen Tanz verschont geblieben wären. Ich benutze diese Metapher mit Absicht, da der Tanz tatsächlich, so komisch es sich auch anhört, bis vor kurzem (bis zur Mitte der fünfziger Jahre, wenn ich nicht irre) unberücksichtigt blieb. Man bezog dieses Metier erst ein, als der Enkel von einem der engsten Mitarbeiter Zimmermans die Arbeiten seines Großvaters mit irgendwelchen alten Theorien über »kinetisches Genie« verknüpfte und einen äußerst komplexen und daher besonders unhandlichen Test entwickelte, den Nijinski-Test, wie er ihn bescheiden taufte. Ähnliche Schwierigkeiten bereitete auch das Kino – zumindest bis zum Beginn der vierziger Jahre, als einer von Zimmermans Nachfolgern Forschungsergebnisse vorlegte, nach denen Regisseure sowohl über das visuelle als auch über das literarische Gen verfügen konnten. Im Übrigen bewegten sich die bildenden Künste, die Musik und die Literatur in vielem auf parallelen Wegen. Es reicht, den Begriff »Schriftsteller« durch Worte wie »Maler«, »Bildhauer«, »Komponist« und »Verlag« durch »Galerie«, »Museum« und »Medienfirma« zu ersetzen, um ein plastisches Bild von dem Durcheinander zu erhalten, das um die Mitte des einundzwanzigsten Jahrhunderts auf allen Gebieten der Kunst herrschte. Ich möchte mich aber nicht zu lange mit diesen Erläuterungen aufhalten, da sich später noch verschiedentlich Gelegenheit bieten wird, die Verhältnisse jener Zeit zu schildern. Kehren wir also zu den Auswirkungen des Tests zurück.

Das größte Aufsehen erregte vielleicht die Affäre um die toten Maler. Die ganze Angelegenheit kam relativ früh – so um das Jahr '39 – ans Tageslicht, was einem Interview zu verdanken war, zu dem sich der Chef eines der größten Labore bereit erklärt hatte. Ohne irgendwelche Namen oder Charakteristika zu erwähnen, aus denen man auf die Identität seiner Kunden hätte schließen können, enthüllte der Mann, dass zahlreiche Nachkommen unbedeutender oder verkannter Maler im wahrsten Sinne des Wortes mit den Knochen ihrer Vorfahren in der Hand in sein Labor geeilt kämen, um den Nachruhm der Verblichenen aufzubessern. Und es geschehe vergleichsweise häufig, dass der Test ihre Hoffnungen bestätige. In diesem Fall wurden die Werke des Verstorbenen dem Vergessen entrissen, tauchten aus dunklen Magazinen auf oder wurden von den Wänden abgehängt und aus unscheinbaren Nischen hervorgeholt, um den Platz und insbesondere den Preis zu beanspruchen, der ihnen zukam. Die Galerien veranstalteten große Retrospektiven, die Nachkommen kamen – wenn auch mit Verspätung – zu Reichtum, die Museen revidierten gezwungenermaßen ihre Sammlungen und einige Kapitel der Kunstgeschichte wurden völlig neu geschrieben.

Das Phänomen nahm bald lawinenartige Dimensionen an, da auch die Angehörigen verstorbener Schriftsteller und Komponisten sich um die Rehabilitierung ihrer Vorfahren bemühten. In ein, zwei Fällen kam es zu Szenen auf den Friedhöfen, denn für die Ausgrabungen war nicht ausreichend Personal vorhanden. Man kann davon ausgehen, dass diejenigen, die sich früher für die Einäscherung ihrer Liebsten entschieden hatten, ihre wenig umsichtige Entscheidung nun bitter bereuten. Nach den *Nichtbetroffenen* und den *Wunderkindern* ergänzte eine weitere Kategorie die bewegte Szenerie jener Zeit: die der *Bestätigten*!

Um das Bild abzurunden, muss ich irgendwann auch von jenen reden, die nicht rechtzeitig zu genügend Renommee oder ausreichend kommerziellem Erfolg gekommen waren, um den Splittern der Bombe, die Zimmerman so unerwartet an die Fundamente der Kunst gelegt hatte, zu entgehen. Ich glaube, ich brauche nicht extra zu betonen, dass es sich dabei um die Mehrzahl handelte, um Menschen, die sich – wie ich – in der schwierigen Situation befanden, einerseits beweisen zu müssen, dass ihr bisheriges Werk nicht einfach als Schund zu gelten hatte, und andererseits das Recht einzufordern, weiter arbeiten zu dürfen. Ich rede von der großen Masse der Kunstschaffenden, von denen, die in der meist unbegründeten Hoffnung auf irgendeine zukünftige Auszeichnung, auf die ungewisse Bewunderung eines kleinen Kreises – die schon ausreichen würde, um ihre Mühe und Ausdauer zu rechtfertigen –, unermüdlich arbeiten. Ich rede von den Vielen, ohne die jene Wenigen, wie man früher sagte, nicht hervorstechen würden. Ich rede von den tausenden Mittelmäßigen, die lediglich davon träumen können, eines Tages zum Kreis der wenigen Auserwählten zu gehören. *Konnten* sollte ich besser schreiben statt *können*, denn ihr Problem wurde dank des Zimmerman-Tests – für die meisten auf die schmerzlichste Weise – gelöst.

Wie sich leicht aus dem Vorhergehenden schließen lässt, war es Mitte der dreißiger Jahre wahrscheinlicher, einen von Unruhe geplagten Schriftsteller im Wartezimmer eines Speziallabors anzutreffen als im Vorzimmer eines Verlegers. Dieser grausame Witz war häufig in den Kreisen jener zu hören, die aus unverständlichen Gründen glaubten, alle tadeln zu müssen, die sich mit Kunst beschäftigten. Hier kommen wir zu einer weiteren nicht richtig verheilten Wunde, die der Zimmerman-Test schließen half. Gewöhnlich zeigten die Menschen, die auf Grund ihrer Sozialisation oder des Drucks ihrer Gene (diese Frage war damals noch nicht entschieden) gezwungen waren, hart zu arbeiten, eine unerklärliche Feindseligkeit gegenüber all denen, die sich mit den abstrakten Themen der Kunst beschäftigten. Die Leistung des Industriearbeiters konnte man in Arbeitsstunden, die des Anwalts in gewonnenen und verlorenen Prozessen und die des Chirurgen in geheilten Kranken messen. Wie aber sollte man die Leistung des Schriftstellers beziffern, besonders wenn er nicht zu den wenigen anerkannten Größen gehörte? Wer sich zu dieser Kategorie zählen musste, legte die Manuskripte beiseite, zerriss die Adressen der Agenten und bemühte sich schleunigst um einen Termin – nicht etwa bei einem Verleger, sondern in einem der anfangs nur wenigen Labore, die über die notwendige Ausrüstung und die erforderliche Spezialisierung verfügten –, um sich dem Zimmerman-Test zu unterziehen.

Ist es notwendig, das Ergebnis zu erwähnen? Die überwältigende Mehrheit handelte sich eine schmerzhafte Enttäuschung ein. Es waren nur sehr wenige, die sich mit unbändiger Freude daranmachten, ihren nächsten Vertrag auszuhandeln. Die Übrigen befanden sich in der außerordentlich unangenehmen Situation, nach anderen Quellen des Lebensunterhaltes suchen zu müssen. Sie hatten nicht nur mit der völligen und endgültigen Enttäuschung ihrer Hoffnungen, sondern auch mit dem Mitleid ihres sozialen Umfeldes fertig zu werden – bestenfalls, denn nicht wenige waren zudem Spott und Schadenfreude ausgesetzt. Ich denke, es ist bezeichnend, dass die Geschichte – diese erbarmungslose Dampfwalze für die Besiegten – ihnen den Beinamen *Annullierte* bescherte.

Ich glaube, nunmehr ist das Bild vollständig. Die meisten Mitglieder zählten selbstverständlich die *Annullierten* und die Testverweigerer. Die *Nichtbetroffenen* waren wenige, und noch weniger gehörten zu den *Bestätigten*. Was das genau bedeutete, war nicht sofort zu erkennen. Es dauerte einige Jahre, bis sich herausstellte, dass es nicht genug *Wunderkinder* gab, um die gewaltige Lücke in der Buchproduktion zu füllen.

Da die *Nichtbetroffenen* unvermeidlich einer nach dem anderen von der Bühne abtraten, nahm auch die Anzahl der publizierten Bücher von Jahr zu Jahr ab. Durch die Neuauflage von Werken bestätigter Autoren war die Lücke zunächst kaum zu spüren. Die Verleger, die ihre Aufmerksamkeit ganz den profitversprechenden *Wunderkindern* zugewandt hatten, brauchten eine Weile, um zu realisieren, dass magere Zeiten auf sie zukamen. Und erst als diese tatsächlich anbrachen und niemand sich mehr der Selbsttäuschung hingeben konnte, dass sich die Verhältnisse schon wieder bessern würden, erst als bereits mehr als offensichtlich war, dass der Zimmerman-Test einen Mangel an Autoren nach sich zog, wie man ihn bis dahin noch nicht erlebt hatte – erst dann brach Panik aus.

Anfangs versuchte man sich zu behelfen, indem man die Zahl der Übersetzungen drastisch erhöhte. Zum ersten Mal überhaupt hatte der Leser die Möglichkeit, sich einen Überblick über die literarische Produktion des Planeten zu verschaffen. Die Skandale um gefälschte Laboranalysen, insbesondere in Ländern mit undurchsichtigen bürokratischen Strukturen wie denen Osteuropas, auf dem Balkan und in Südostasien, behinderten diese Tendenz zur literarischen Globalisierung nur unwesentlich. Sie zwangen die Verleger lediglich, die Kosten für einen zusätzlichen Test in einem von ihnen ausgewählten Labor zu übernehmen. Aber selbst das reichte nicht aus, um die Verlagsproduktion auf das Niveau der Vor-Zimmerman-Epoche zu heben. Damals begann, was als *Safari der Künstler* bekannt wurde. Die Agenten, ein Berufszweig, den der Zimmerman-Test beinahe zum Verschwinden gebracht hatte, kehrten mit frischem Elan zurück. Ihre Arbeitsweise veränderte sich allerdings beträchtlich. Anstatt Manuskripte zu sammeln und sie bei Verlegern unterzubringen, stürzten sie sich wie Jagdhunde auf die Länder der Dritten Welt, in denen die Entzifferung der DNA noch überflüssiger Luxus und daher ein unbekanntes Verfahren war, und begannen Blutproben zu sammeln. Die Analysen bezahlten sie aus eigener Tasche. Ein positives Ergebnis garantierte ihnen auf Lebenszeit einen beträchtlichen Anteil an den Rechten ihres Kunden. Sie nahmen ihren Klienten mit, um ihm die notwendige Bildung und Pflege angedeihen zu lassen und die genetische Veranlagung fruchtbar zu machen. Dieser Transfer frischen künstlerischen Blutes mag bei vielen Erinnerungen an den Sklavenhandel geweckt haben oder an die Praktiken, die einige weitsichtige Sportfunktionäre gegen Ende des zwanzigsten Jahrhunderts einschlugen. Niemand war jedoch daran interessiert, ihn zu unterbinden, da alle an ihm verdienten.

Aber selbst die Safaris reichten nicht aus, um die Buchproduktion wieder auf die Höhe der zwanziger und frühen dreißiger Jahre zu bringen. Was nicht heißt, dass Gleiches auch für den Umsatz der Verlagsunternehmen galt. Gemäß der Logik, dass, was selten ist, auch teuer zu sein hat, kletterten die Buchpreise in die Höhe: Innerhalb von nur fünfzehn Jahren hatten sie sich nahezu verdreifacht. Ähnliches geschah mit den Preisen für Tonträger und Konzertkarten.

Im Bereich der bildenden Kunst jedoch war die Sache komplizierter, weil Bilder und Plastiken traditionell als Möglichkeit zur Geldanlage galten. Der Test stellte solche Investitionen ernsthaft infrage. Die Preise für Bilder von van Gogh und Matisse zum Beispiel, die Ende des letzten Jahrhunderts auf den Kunstauktionen jegliche Rekorde gebrochen hatten, rutschten in den Keller und trieben insbesondere im Fernen Osten eine ganze Reihe von Sammlern in den Bankrott. Niemand war noch länger bereit, sein Geld zu riskieren, und der Wettbewerb verlagerte sich fast ausschließlich auf den Kauf von Werken bestätigter Künstler und von Gekritzel in den Schulheften der *Wunderkinder.*

Der Zimmerman-Test war in eine Zeit hineingeplatzt, in der ein kulturelles Produkt ohne entsprechende Reklame dafür nicht *existierte.* Im Informationsgewitter spielten Werbung und Marketing eine wichtigere Rolle als der Wert der Sache selbst. Der Test machte mit diesem Spiel Schluss. Wie ein rächender Erzengel erschien er aus heiterem Himmel, um mit seinem Schwert im Handelshaus Ordnung zu schaffen. Einigen kamen Zimmermans Äußerungen zu Ungewissheit, Mittelmaß und Anarchie wieder in den Sinn und seine Versprechungen, dass seine Entdeckung Gerechtigkeit schaffen würde.

Allerdings kann nicht bestritten werden, dass während der Anpassung an die neuen Verhältnisse Durcheinander herrschte. Die Schulen für kreatives Schreiben wurden aufgelöst. Kunst- und Musikhochschulen änderten ihre Orientierung und ihre Arbeitsweise. Literatur- und Kunstpreise wurden nachdrücklich infrage gestellt und die Grundsätze für ihre Vergabe revidiert. Die Grenzen zwischen den einzelnen Sparten verschwanden. Ein *bestätigter* Schriftsteller beispielsweise hatte nicht die geringste Hemmung, auch Sciencefiction oder Kriminalromane zu schreiben. Das Lesepublikum traf seine Wahl ohne Gewissensbisse. Strömungen, Bewegungen, Dogmen und Manifeste wurden zu leeren Begriffen. Sie stammten aus einer anderen Zeit und waren lediglich für Kunsthistoriker von Interesse. In diese Gruppe gehörte auch eine weitere im Laufe der Jahrhunderte häufig verwendete und geschundene Vokabel, das Wörtchen *Talent.* Es bekam einen präzisen Sinn und verwies nun auf etwas Greifbares und Messbares, verlor jedoch zugleich einen Teil seines dunklen Reizes. Vielleicht war das der Grund, warum es so rasch außer Gebrauch geriet.

11

Irgendwo muss diese riesige Parenthese ja ein Ende finden. Ich habe – wenn auch nicht direkt, aber zumindest in Andeutungen – versprochen, von einem Leben zu erzählen, das vor lauter Angst, infrage gestellt zu werden, erstickte und unter einer Lawine des Scheiterns begraben wurde, und mache bislang nichts anderes, als die einleitenden Worte wiederzukäuen. Ich bitte für mein Zögern um Nachsicht, obwohl ich sehr wohl weiß, dass es mein eigener Entschluss war, in diesen dunklen Schacht hinabzusteigen.

Manchmal denke ich darüber nach, welche Kraft doch den Worten innewohnt. Die *Annullierten*! War das nicht Grund genug, sich dem Test zu verweigern? Ich will damit keineswegs behaupten, dass ich selbst mich aus diesem Grund geweigert hätte. Als irgendein zweifellos krankes Gehirn sich diese abscheuliche Bezeichnung ausdachte, war meine Entscheidung längst gefallen. Der unverhüllte Sadismus dieser Formulierung hat mich in meinem Entschluss allerdings bestärkt – und das zu einem Zeitpunkt, als ich äußerst erschüttert war und ein Windhauch aus der falschen Richtung ausgereicht hätte, mich ins Labor zu schicken.

Ja, auch ich habe auf dieser Wippe gesessen – wie hätte es auch anders sein können? Auch ich habe mit dem Zweifel gerungen, und wenn ich in den ersten Runden Sieger geblieben bin, bedeutet das nicht – Sie, Herr Doktor, wissen das besser als andere –, dass der Kampf zu Ende ist.

Was mich damals zurückhielt, war – so lächerlich es klingen mag – das Interview eines gleichaltrigen Malers.

In diesem – wie sich später zeigen wird – berühmten Interview erklärt er, dass es keinen Zweck habe, sich selbst anzuprangern, nur um die Galeristen und das kunstliebende Publikum zu schützen. »Der Zweifel«, sagte er, »ist das Material und zugleich die Stärke des Künstlers. Wenn der Zweifel ausbleibt, sprechen wir nicht mehr von Kunst, sondern von Propaganda.« Und anschließend verfluchte er die Krämerseelen, die unüberlegt den Test akzeptierten, seine Kollegen, die bereitwillig auf dieses Spiel eingingen, und die öffentliche Meinung, diese »kopflose Hure« (genau diese Worte benutzte er), die aus der Schlaffheit ihres Wohlstandes und allgemeiner Gleichgültigkeit heraus eine neue Mode entdeckt habe, die sie beklatschen könne, um die Langeweile, die ihre Dümmlichkeit mit sich bringe, zu bekämpfen. Auf die Frage, was er zu tun gedenke, wenn er für seine Ausstellungen keine Räume fände, antwortete er, dass einige Gehwege sehr viel interessantere Räumlichkeiten böten als eine Menge berühmter Galerien. Und er fügte hinzu, dass sich auf diese Weise die Preise seiner Werke in einem vernünftigeren Rahmen bewegen und seine Bilder selbst den Kontakt zum Publikum aufnehmen könnten, etwas, das bis jetzt nie möglich gewesen sei.

Sein Interview blieb damals nicht ohne Echo, insbesondere wegen des Enthusiasmus, mit dem er seine Ansichten formulierte. Der tiefere Sinn des Ganzen interessierte wie so oft niemanden. Polemik hat die Massen schon immer bewegt, unabhängig davon, wer dabei eigentlich wen bekämpft. Der Reiz liegt natürlich in den möglichen Folgen, die Gründe der Auseinandersetzung dagegen sind absolut uninteressant. Im konkreten Fall gab es keine Folgen. Es war offensichtlich, dass Lewis

Parker*, so hieß der Maler, mit dem Kopf gegen die Wand rannte, dass er gegen Windmühlen kämpfte. Und vielleicht hielt es deshalb niemand für nötig, sich mit ihm zu beschäftigen.

Niemand außer mir natürlich und einigen ähnlichen Typen – auch wenn ich das damals noch nicht wissen konnte. Ich fand es erst einige Jahre später heraus. Gleich bei meinem ersten Besuch bei der Ortsgruppe von Artists Anonymous** stellte ich fest, dass Parkers Ansichten, in geeigneter Weise arrangiert und mit einem kämpferischen Epilog versehen, eine Art Manifest für seine Anhänger und all jene bildeten, die noch gegen den Test Widerstand leisteten. Ich war begeistert und fragte voller Respekt einen nur wenig älteren Bildhauer, der neben mir saß, nach Parkers Schicksal. Er wandte sich mir zu und schaute mich an, als hätte ich gesagt, ich sei ein Nachfahre Zimmermans und gekommen, um zu spionieren. »Den vergisst du besser«, sagte er und blickte wieder nach vorn. »Aber … was ist denn mit ihm los?«, insistierte ich unruhig. Ich fürchtete, das Schlimmste zu hören zu bekommen, etwa dass er nicht standgehalten und sich auf eine sicherlich dramatische

* Parker, Lewis (2001–2078), Maler mit einem gewissen Erfolg zu Beginn der dreißiger Jahre. Nach seiner berühmten Ausstellung in der Test Gallery nahm seine Karriere stürmischen Aufschwung; heute befinden sich seine Werke in allen bedeutenden Museen der Welt.

** Zu Beginn der dreißiger Jahre von der Gruppe Radikaler Künstler gegründete Organisation. Zwanzig Jahre lang spielten die AA, wie sie meist genannt wurden, eine wichtige Rolle im politischen Leben. Der Niedergang der Organisation begann 2051 nach der Aufdeckung des Skandals um die *Annullierten* und führte innerhalb von fünf Jahren zu ihrer endgültigen Auflösung.

Weise umgebracht habe – beispielsweise indem er seine Kleider mit Terpentin getränkt und sich dann eine letzte Zigarette angesteckt hatte. Der stattliche Bildhauer drehte sich erneut zu mir und schaute mich an, diesmal lachte er sarkastisch. Anstatt mir zu antworten, erhob er sich von seinem Platz und brüllte mitten in die Versammlung hinein: »Unser Freund hier will wissen, was aus Lewis Parker geworden ist … Er interessiert sich für sein Schicksal! Kann ihn vielleicht jemand aufklären?«

Was darauf folgte, ist nicht zu beschreiben. Der Redner brach, ohne sich vom Mikrofon zu entfernen, in Lachen aus, zwei, drei Leute, die neben ihm auf dem Podium saßen, sprangen wütend auf, schrien und fuchtelten wild mit den Händen, andere im Zuschauerraum drehten sich um und betrachteten mich mit unübersehbarem Mitleid und einige fragten, wer ich sei und wer mich mitgebracht habe, während nicht wenige mich leise beschimpften.

Die Versammlung, meine erste Versammlung bei den AA, löste sich auf, noch ehe sie richtig begonnen hatte. Voller Verlegenheit blieb ich auf meinem Platz hocken, bis der Saal leer war. Ich muss wohl mit offenem Mund dagesessen haben, denn als ich mich erhob, hörte ich hinter mir die Stimme des Bildhauers: »Mach den Mund zu und öffne ihn erst wieder, wenn du es erfahren hast …«

Als wir aus der St.- Stephen-Kirche traten, die Reverend Miller, der Vater eines annullierten Theaterautors, den AA freundlicherweise für ihre Versammlungen überließ, stellte der Bildhauer sich mir vor. Er hieß Pascal Foirest*, war

* Foirest, Pascal (1998–2051), französischer Bildhauer, dessen Schaffen Ende der zwanziger, Anfang der dreißiger Jahre seinen Höhepunkt erlebte; starb 2051 durch Selbstmord.

Franzose und hungrig. Ich beeilte mich darzulegen, dass ich nicht ausreichend Geld bei mir hätte, was nicht stimmte, aber in jenen Zeiten musste man vorsichtig sein, wenn man auf einen AA stieß. Glücklicherweise hatte Foirest nicht vor, wovon ich ausgegangen war. Der Mann meinte, was er sagte. Er zeigte zu meiner großen Verwunderung Verständnis und Großzügigkeit und lud mich zum Essen ein. Bald merkte ich, dass er gar nicht so barmherzig war, sondern ihm vor allem der Gedanke Spaß machte, einem der wenigen aus der Gruppe, die sie noch nicht kannten, Parkers Geschichte zu erzählen. Dabei verschlang er eine Riesenpizza.

»Lewis Parker war ein Gauner«, erklärte er mir und faltete das erste Stück Pizza zusammen wie ein Sandwich. »Er hat sein Interviewchen gegeben, so dass sein Name in aller Munde war, und eine Zeit lang auch tatsächlich gemacht, was er angekündigt hatte. Er stellte seine Bilder auf den Gehwegen vor den U-Bahn-Eingängen aus, brach einige gewaltige Krawalle mit den Polypen vom Zaun, erschien in unseren Versammlungen und führte das große Wort – aber was soll's ...«

Er machte eine Pause, um sich ein ganzes Stück auf einmal in seinen riesigen Mund zu stopfen. Auch ich beugte mich über meine Makkaroni und belud in der Annahme, dass er dafür einige Zeit brauchen werde, meine Gabel. Aber er kam mir zuvor. Vielleicht war es auch Absicht, vielleicht wollte er mich aus reinem Sadismus mit vollem Mund erwischen und fuhr deshalb fort, obwohl er selber noch zu kauen hatte.

»Als sich die Dinge jedoch zuspitzten, erwies sich unser Freundchen als Lump. Die Ausstellungen auf dem Gehweg bescherten ihm noch ein, zwei Interviews in Lokalblättern und eine herausgehobene Stellung im Organisationskomitee der AA – und das war alles. Und offensichtlich genügte ihm das nicht. Vor acht Monaten hat er den Test gemacht …«

Er schlang seinen Bissen runter und schaute mir in die Augen. Wie er erwartet hatte, verschluckte ich mich. Mit dröhnendem Lachen erhob er sich von seinem Platz und fing an, mir auf den Rücken zu hauen, bis ich wieder zu mir kam. Er gab mir den Rest Bier aus seiner Flasche, und ich kippte ihn hinunter. Er wartete geduldig.

»Willst du raten?«, fragte er mich. Ich sagte nichts. »Der Test war positiv«, beeilte er sich, selbst die Antwort zu geben. »In zwei Wochen beginnt seine Ausstellung in der Test Gallery …«

Ich floh wie ein Verfolgter, wie ein Kind, das plötzlich erfährt, dass es den Weihnachtsmann nicht gibt. Ich schloss mich in meine Klause ein und kam erst an dem Tag wieder zum Vorschein, an dem Parkers Ausstellung eröffnet wurde. Ich spürte ein intensives Verlangen, diesen Menschen aus der Nähe zu sehen. Selbst heute weiß ich nicht, was ich erwartete oder welchen Nutzen ich mir davon versprach.

Obwohl ich relativ früh eintraf, war die Galerie bereits voller Menschen. Der Gehweg vor dem Eingang war nicht mehr passierbar, da sich dort Fernsehteams, Reporter und Fotografen drängten. Über ihren Köpfen hingen drei riesige Plakate, sie bedeckten die gesamte vierstöckige Fassade. Auf dem mittleren war ein lächelnder Lewis Parker abgebildet. Mit seinen ausgebreiteten Armen wirkte er wie ein fröhlicher Gekreuzigter. Er wurde von stacheligen

Buchstaben gekrönt, die den Titel der Ausstellung ergaben: Raised! Die raffinierte Doppeldeutigkeit konnte die plumpe Anspielung nicht verbergen.*

Ich zog es vor, mich auf die gegenüberliegende Straßenseite zu den vielen anderen Neugierigen zu stellen, die das Eintreffen der Gäste begafften. Die Räume der Galerie waren hell erleuchtet, und über den Köpfen des Gewimmels sah man Parkers Werke. Die meisten davon waren entstanden, als er noch zu den AA gehörte. Ich weiß nicht, ob das lediglich mein persönlicher Eindruck war, aber niemand schien sich mit ihnen zu beschäftigen. Wie der Rummel bei seiner – eindrucksvoll um eine ganze Stunde verspäteten – Ankunft deutlich machte, war das wichtigste Ausstellungsstück Parker selbst.

Schlicht in eine weiße Bluse, weiße Leinenhosen und Sandalen gekleidet, schien er jeden Augenblick seines Triumphes zu genießen, während er in aller Ruhe den Kameras und Fotografen ein Lächeln schenkte, den Reportern ausgewählte Witze zuwarf und an die einfachen Zuschauer distanzierte Dankesworte richtete. Er brauchte ungefähr eine halbe Stunde, bis er endlich die Galerie betrat, und dann noch einmal so lange, um die Strecke bis zu dem Mikrofon zurückzulegen, das man der üblichen Reden halber aufgestellt hatte.

Ich war auf eine Mülltonne geklettert, um besser sehen zu können, aber den Zwischenfall verpasste ich. Das Einzige, was ich ausmachen konnte, waren die Gorillas, die eine Frau aus dem Haus schleppten und den Klauen der

* Wörtlich übersetzt bedeutet es *emporgehoben* oder *aufgestiegen*, aber der ganze Kontext verweist auf eine weitere Bedeutung: *auferstanden*.

Fernsehteams entrissen, bevor der Zwischenfall größere Ausmaße annahm. Was genau vor sich gegangen war, erfuhr ich am nächsten Tag von den Titelseiten der Zeitungen. Auf einer befand sich sogar ein Foto, das einer der Gäste zufällig geschossen hatte. Allerdings waren weder das Gesicht der Unruhestifterin noch der Text auf ihrer Bluse deutlich zu sehen, da der Fotograf Parkers Profil angepeilt hatte. Man konnte jedoch zweifelsfrei erkennen, dass der Aufdruck einen vergrößerten Ausschnitt aus einer alten vergilbten Zeitung wiedergab. Daraus ließ sich ohne weiteres schließen, dass die Unruhestifterin zu den AA gehörte und der Text nichts anderes war als eine Passage aus Parkers berühmtem Interview.

Der Zwischenfall beeinträchtigte den Erfolg der Ausstellung keineswegs. Auch die astronomischen Preise der Werke verhinderten nicht, dass diese praktisch schon am ersten Tag verkauft waren. Lange Zeit stand Parkers *Auferstehung* im Mittelpunkt der Kunstreportagen. Noch während der Ausstellung in der Test Gallery erblickten zig Interviews, Fotos und Geschichten aus der Zeit von Parkers improvisierten Ausstellungen an U-Bahn-Eingängen das Licht der Öffentlichkeit.

Was mich angeht, so fand ich zum zweiten Mal in Parkers Person unerwartete Unterstützung für meinen Entschluss, an meiner Weigerung festzuhalten. Ich hielt es für hoffnungslos lächerlich, dass dieselben Werke, die er wenige Jahre zuvor an Passanten fast verschenkt hatte, heute zig Millionen kosteten. Gleichermaßen zum Lachen war, dass die Leute, die damals eilig an ihnen vorbeigehastet waren, um ihre Bahn nicht zu verpassen, jetzt verzückt vor seinen Bildern standen. Sie, die damals die Polizei aufgefordert hatten, ihm eine Abreibung zu verpassen, damit er seinen Schrott von den Gehwegen räume, rangen jetzt mit seinen Leibwächtern, um ein Autogramm von ihm zu bekommen. Welchen Sinn hat es, dass man ein breites Publikum erreichen kann, wenn es aus solchen Idioten besteht?

In meiner ursprünglichen Entscheidung bestärkt, kehrte ich zu den AA zurück, füllte das Aufnahmeformular aus, bezahlte den Jahresbeitrag und war zwei Wochen später offizielles Mitglied. Es war Pascal Foirest, der mir den silbernen Rhombus an das Revers steckte, ein großes A über seinem auf den Kopf gestellten Spiegelbild – ich glaube, er hatte ihn sogar selbst entworfen.

Ab Mitte der dreißiger Jahre erlebten die AA eine unglaubliche Blüte. Es entstand der Eindruck – zu Unrecht natürlich, aber wer konnte das ahnen –, dass eine große Anzahl von Künstlern bewusst lieber am Rand der Gesellschaft lebte, als sich der entwürdigenden Prozedur des Testes zu unterziehen. In nur wenigen Jahren entwickelten sich die AA zu einer mächtigen Organisation mit beneidenswerter Struktur und beachtlicher Stärke, die auf der ganzen Welt hunderttausende Künstler zu ihren Mitgliedern zählte. In den Ortsgruppen wurden Konzerte, Theateraufführungen, Kunstausstellungen und Lesungen organisiert. Dank des technologischen Fortschritts druckte man die literarischen Werke als billige Heftchen, die von Hand zu Hand gingen – eine Art Samisdat* des einundzwanzigsten Jahrhunderts. Parallel dazu entstand ein

* Begriff, der sich auf von der Zensur verbotene Druckwerke in der Sowjetunion im letzten Jahrhundert bezieht.

Grundversorgungssystem mit Essenausgabe, Wohnungsbeschaffung und Arbeitsvermittlung für Not leidende Mitglieder, das dank der regelmäßigen Beiträge der anderen und oft auch großzügiger Spenden von Verwandten und Freunden funktionierte. Natürlich war das, was die AA boten, nur ein Kommunikationsersatz, da die Brücken zwischen den Künstlern und dem breiten Publikum ein für alle Mal (?) abgebrochen waren. Anscheinend besaß er jedoch Anziehungskraft genug, um sie zu einem Sammelbecken für eine unglaubliche Zahl von frustrierten Menschen werden zu lassen.

Was meine Schritte zur St.-Stephen-Kirche lenkte, mag weniger Frust als Einsamkeit gewesen sein. Gleichwohl besuchte ich seit meinem Beitritt oft die Versammlungen der AA und noch häufiger die Veranstaltungen der Ortsgruppe, besonders die Konzerte. Lesungen blieb ich fern, sie erschienen mir noch von früher her ermüdend. Die Heftchen meiner Kollegen, die mir in die Hände fielen, verschlang ich jedoch mit Besessenheit, auch wenn ich es selbst vermied, etwas publizieren zu lassen. Ungefähr ein Jahr später las ich auf Druck des Vorstandes, der meine Distanziertheit missbilligte, während einer Feierstunde eine Erzählung, die ich bereits im Jahre '36 geschrieben hatte. Sie stieß auf große Begeisterung, wohl eher – wie ich annehme – weil es die erste Arbeit war, die ich vortrug.

Durch diese ermutigende Reaktion und die warme Atmosphäre bei den AA gewann ich allmählich meine Selbstachtung wieder. Nicht ohne eine gewisse Überraschung bemerkte ich, dass ich begonnen hatte, wieder an zukünftige Texte zu denken. Irgendwann fing ich sogar an, für einen Band mit Erzählungen Notizen zu machen, eine davon sollte *Der Knopf auf der Brust* sein, die Erzählung, die ich bei den AA vorgelesen hatte. Anderthalb Jahre später – es muss Ende '46, Anfang '47 gewesen sein – waren vier Texte fertig. Der Einzige, der sie las, war Foirest. Er bot mir an, für das Heftchen die Titelseite zu entwerfen. Ich reagierte nicht auf seinen Vorschlag, immerhin ein Zeichen dafür, dass die Wunden langsam heilten. Voller neuem Schwung begann ich gleichzeitig mit der Arbeit an den Erzählungen, auch für einen kurzen Roman zu recherchieren. Ich fühlte mich, als sei ich aus dem Winterschlaf erwacht. Ich war noch betäubt, aber selbst das bewies, dass ich lebte. Damals machte ich mir natürlich nicht die Mühe zu fragen, welchem Umstand diese Wandlung zu verdanken war. Im Nachhinein ist das, denke ich, offensichtlich. Wie so viele andere hatte ich mich mit dem Kommunikationsersatz arrangiert. Ich klammerte mich an den Rettungsring, den die AA mir zugeworfen hatten. Und ich fand wieder ein Publikum, für das ich schreiben konnte. Und genau das tat ich bis zu dem Augenblick, als der Skandal der *Annullierten* ausbrach.

Ein ganzes Jahrzehnt, vielleicht auch länger, wurden immer wieder verschiedene kleinere und größere Skandale aufgedeckt – wie zum Beispiel die Affäre der toten Maler – und hielten die Kontroverse um den Test am Leben. Einer davon war Parkers Kehrtwende, die besonders in den Kreisen der AA gewisse Aufmerksamkeit erregte. Doch das ließ sich nicht im Geringsten mit dem Aufruhr vergleichen, den der Skandal der *Annullierten* auslöste.

Es war Anfang Juni '51, und die Stadt kochte unter den für die Jahreszeit ungewöhnlich hohen Temperaturen. Und die Quecksilbersäule stieg weiter, als in der Sonntagsausgabe des *Herald* Mathew Draggs* Recherche über die AA veröffentlicht wurde. Dragg behauptete darin nichts Geringeres, als dass die AA bis zu dreiundneunzig Prozent aus *Annullierten* bestanden! Mithilfe seines fünfzehnjährigen Neffen, der sich als fähiger Hacker erwiesen hatte, war es ihm gelungen, die Sicherheitscodes zahlreicher Labore zu knacken. Ohne auf das Arztgeheimnis Rücksicht zu nehmen, erklärte Dragg, dass er über Listen mit den Namen von *Annullierten* verfüge, die unter Verheimlichung des Testergebnisses bei den AA Zuflucht gesucht hätten. Sie führten sich wie die ›Dichterin‹, die bei der Eröffnung von Parkers Ausstellung den Zwischenfall verursacht hatte, als harter Kern der Widerständler auf. Nicht wenigen war es laut Dragg sogar gelungen, hohe Positionen zu besetzen. Als Beispiel nannte er den Mann, der das Emblem der AA entworfen hatte.

Draggs Recherche löste wie zu erwarten großen Aufruhr aus. Von einem Tag zum anderen verloren die AA ihr Ansehen. Selbst diejenigen, die bis dahin ihren trotzigen Widerstand mit Sympathie betrachtet hatten, schüttelten nun voller Mitleid den Kopf. Sehr viel ernster jedoch waren die Probleme, die auf Grund des Misstrauens, das sich zwischen den Mitgliedern einnistete, im Innern der Organisation entstanden. Sehr bald regnete es in den höheren Rängen Rücktrittserklärungen, während sich nicht wenige

* Dragg, Mathew (2021–2059), Reporter des *Herald*. Außer dem Skandal um die *Annullierten* im Jahr 2058 deckte er auch den Skandal um die Rüstungsgüter auf, der eine Krise in den Beziehungen zwischen den USA und der EU auslöste. Draggs Tod bei einem Flugzeugunglück ein Jahr später wurde – ohne dass jemals Beweise dafür vorlagen – dieser Recherche zugeschrieben.

Mitglieder – aus einleuchtenden Gründen – beeilten, von der Bildfläche zu verschwinden. Die Ortsgruppe leerte sich im wahrsten Sinne des Wortes. Bei der ersten Versammlung nach Veröffentlichung von Draggs Recherche kamen kaum mehr als zehn Personen zusammen. Foirest war nicht dabei, was nicht unkommentiert blieb. Ich suchte noch am gleichen Abend nach ihm, aber ohne Erfolg. Zwei Monate später fand man ihn in seinem Wochenendhaus. Er hatte sich erhängt. In der Zwischenzeit waren seine Skulpturen, die noch die zwei, drei Gebäude der Stadt geziert hatten, durch die Behörden entfernt worden.

Foirests Ende bedeutete – zumindest in meinen Augen – auch das Ende der AA. Ich setzte keinen Fuß mehr in die Ortsgruppe und kappte jegliche Verbindung zu ihren Mitgliedern. Mein Selbsterhaltungstrieb hieß mich allein zu bleiben und meinen Roman zu Ende zu bringen. Es war nicht möglich. Das Bild Foirests, wie er mit leerem Blick auf der Suche nach einem Strick durch die glänzenden Hallen der Kaufhäuser streift, verfolgte mich unablässig. Und wenn ich seinem Beispiel nicht nacheiferte, dann nur, weil ich einsah, dass der Tod durch den Strang eine rein theoretische Möglichkeit war, mein Hungertod hingegen immer wahrscheinlicher wurde. Und wie so oft behielten die physischen Bedürfnisse über die psychischen die Oberhand.

12

Nach Sarahs Flucht verkaufte ich die Wohnung, nicht so sehr weil ich das Geld benötigte, sondern weil ich wusste, dass ich dort nicht mehr leben konnte. Die Verkaufssumme war beträchtlich und hätte bei richtiger Investition für ein Leben in Wohlstand ausgereicht – zumindest für jemanden mit meinen Bedürfnissen. Da mir damals andere Dinge durch den Kopf gingen, kümmerte ich mich jedoch weder um Investitionen noch um meine Zukunftsperspektiven. Ich ließ das Geld auf der Bank liegen und hob jeweils so viel ab, wie ich brauchte. Eine andere Einkommensquelle hatte ich nicht, da meine Bücher schon vor Jahren aus dem Verkehr gezogen und eingestampft worden waren. Wie nicht anders zu erwarten, war der Brunnen, aus dem ich viele Jahre unbekümmert schöpfte, irgendwann leer. Ich bemerkte es an einem sonnigen Tag Mitte 2052 mit Schrecken.

Bis dahin hatte ich mir um Geld nie sonderlich Sorgen gemacht, das war auch nicht nötig gewesen. Meine Familie galt als wohlhabend, und meine Eltern hatten, obwohl sie meine Berufswahl missbilligten, nicht gezögert, mich finanziell zu unterstützen. Aller Wahrscheinlichkeit nach hätten sie mir auch weiterhin – ohne zu murren, denke ich – geholfen, wenn sich das auch nicht als nötig erwies. Weder für sie noch für mich selbst war vorauszusehen gewesen, dass ich so rasch Erfolg haben würde – und zwar nicht nur in ideeller, sondern auch in materieller Hinsicht. Drei Monate nach Erscheinen meiner Erzählungen war ich wirtschaftlich unabhängig, um nicht zu sagen reich! Meine Eltern kamen 2031 bei einem Flugzeugabsturz ums Leben, noch bevor die Anzeichen der Katastrophe sichtbar geworden waren.

Meine wirtschaftliche Lage änderte sich nach dem Fiasko mit dem *Strudel* nicht wesentlich – vielleicht weil das Lesepublikum nicht so unmittelbar und flexibel reagiert wie die Kritiker. Erst später, nach dem *Blauen Fahrrad*, gab es Einschnitte. Aber auch damals war Geld das Letzte, worüber ich mir den Kopf zerbrach. Darum hatte sich Sarah gekümmert. Sie nahm die Schecks meines Verlegers in Empfang, sie löste sie bei der Bank ein, sie wusste, wann man in Aktien investieren musste und in welche und wann man sie besser wieder verkaufte. Auch zu ihrer eigenen Überraschung erwies sich Sarah auf diesem Gebiet als echtes Talent. In den Jahren, in denen wir zusammen lebten, vermehrte sich unser Geld unausgesetzt, und das nicht nur, weil wir nicht viel ausgaben. Als sie mich verließ, sorgte sie dafür, dass unser Vermögen gerecht geteilt wurde – davon gehe ich jedenfalls aus, da ich nicht weiß, wie viel wir hatten. Was ich jedenfalls sicher weiß, ist, dass sich ein riesiger Betrag auf meinem Bankkonto befand, der sich fast noch verdoppelte, als ich die Wohnung verkaufte. Ich nahm an, dass es nicht nötig war, Gedanken an die Frage des Lebensunterhalts zu verschwenden.

Und bis zu jenem sonnigen Tag im Jahr 2052, an dem ich entdeckte, dass mein Kontostand zum ersten Mal seit mehr als zwanzig Jahren den kleinstmöglichen vierstelligen Betrag aufwies, tat ich das auch nicht mehr. In den Zeiten meines Kontakts zu den AA hatte ich häufig Unglück und Elend gesehen – allerdings ausschließlich bei anderen. Ich war Menschen begegnet, die nur durch die Unterstützung der Organisation überlebten, und hatte von anderen reden hören, die sich aufs Betteln verlegten. Ich hatte Obdachlose getroffen und mit den Leuten gesprochen, die sich bei der Armenspeisung anstellten. Und ich hatte an Beerdigungen von Kollegen teilgenommen, die ohne jeden Beistand gestorben waren, weil sie sich keine Versicherung hatten leisten können. Paradoxerweise war ich im tiefsten Inneren davon überzeugt, dass mir selbst das alles nie passieren könnte. An jenem sonnigen Tag des Jahres 2052 verwandelte sich diese Überzeugung schlagartig in Panik.

Ich stand neben dem Eingang zur Bank und vor meinen Augen erschienen Bilder unsagbarer Not, die Szenarien meiner bevorstehenden Verelendung. Als ich merkte, dass die ein und aus gehenden Kunden mich forschend musterten, entfernte ich mich im Laufschritt. Ich fand mich wieder, wie ich durch den Park of the Nations irrte, und ertappte mich bei dem Gedanken, wie ich eine Mahlzeit pro Tag einsparen könnte. Ich setzte mich auf eine Bank und holte mit zitternden Händen meine letzten Banknoten aus der Tasche. Ich hob den Kopf zum Himmel, schloss die Augen und wünschte mir, dass die Sonne die dunklen Gedanken verscheuchen möge, die mein Gehirn hervorbrachte. Ich weiß nicht, wie lange ich in dieser bittenden Haltung verharrte. Ich erinnere mich lediglich daran, dass ich von einer sanften Berührung an meiner Hand erwachte und in das niedliche Gesicht eines kleinen Mädchens blickte, das mich interessiert beobachtete. Für einen Augenblick, für den Bruchteil einer Sekunde, glaubte ich, dass ich gestorben wäre und mich im Himmel befände. Dieses Mädchen konnte nichts anderes sein als ein Engel, der mir eröffnen sollte, dass meine Qualen nun zu Ende seien. Nur für einen Augenblick, denn sogleich hörte ich, wie seine Mutter nach ihm rief, und dann sah ich, wie sie wutschnaubend neben mir auftauchte, die Kleine am Arm packte und mit sich zog. Bis ich mir klargemacht hatte, was vorgefallen war, hatte die Frau sich umgedreht, stand mit niedergeschlagenen Augen vor mir und legte einen kleinen Schein zu den anderen Scheinen in meiner erhobenen Hand.

Zunächst brach ich in Lachen aus, in ein starkes, unbändiges Gelächter. Obwohl sich die Unbekannte bereits ziemlich weit entfernt hatte, schaute sie unruhig zu mir zurück und beschleunigte ihren Schritt. Ich fragte mich, ob ich wirklich schon wie ein Bettler aussah. Bevor ich aus dem Haus gegangen war, hatte ich mich gewaschen und rasiert, und meine Kleider mögen vernachlässigt und zerknittert gewesen sein, aber dreckig waren sie nicht. Meine Schuhe sahen ein wenig abgetragen aus, aber nicht so schlimm, dass sie zu irgendwelchen Schlüssen Anlass boten. Das Einzige, was meinen Zustand hätte verraten können, war mein Gesicht. Unwillkürlich betastete ich es. Die Passanten begannen mich misstrauisch zu beobachten. Dann fiel mir der See ein. Ich schnellte von der Bank hoch und rannte die schmalen Pfade entlang. Die Spaziergänger sprangen mir aus dem Weg, als griffe ein Verrückter sie an. Ein paar Hunde liefen mit wütendem Gebell hinter mir her, bis ihnen die Luft ausging. An einer Stelle stieß ich beinahe mit einer Fahrradfahrerin zusammen, die mir im letzten Moment mit einem geschickten, aber nicht ungefährlichen Manöver auswich. Ein oder zwei Mal musste ich eine falsche Richtung eingeschlagen haben, denn der Pfad führte mich auf eine Lichtung, auf die sich ein Liebespaar zurückgezogen hatte, danach stieß ich auf eine Gruppe von Touristen, die gerade den Park durch den Eingang an der Prosperity Avenue betreten hatten. Ich glaube, dass einer mich fotografierte, wenn ich mir auch nicht denken kann, wieso. Als ich endlich am See anlangte, war ich außer Atem. Die letzten Meter bis zum Ufer legte ich stolpernd zurück, kippte vornüber und stützte die Hände auf meine Knie. Ich hörte mein Herz schlagen und das Blut in meinen Schläfen klopfen, mein Atem glich dem Röcheln eines sterbenden Tieres. Für einige Minuten hielt ich meine Augen geschlossen, weil ich mir überlegte, dass die Anstrengung mein Aussehen sicherlich verändert hatte. Ich wartete geduldig, bis mein Puls sich wieder beruhigt hatte. Erst dann schaute ich.

Was ich erblickte, überstieg meine Kräfte. Wenn man in der Erwartung die Augen öffnet, das eigene Gesicht zu sehen, kann man beim Anblick einer undefinierbaren, dunklen Masse, die sich im sanften Wellengang wiegt, einem Knäuel aus glitschigen pflanzlichen Fangarmen, verwoben mit Unrat, faulen Blättern und verschimmeltem Müll, wohl nur erschrecken. Im Nachhinein war die Erklärung eher simpel: Der Südwind hatte den Dreck an diese Stelle des Ufers getrieben, weil hier das Wasser besonders niedrig stand, das war's auch schon. In jenem Moment aber nahm das Bild in meinem aufgewühlten Gehirn andere, allegorische Dimensionen an. Niemand hätte mich davon überzeugen können, dass es sich dabei *nicht* um mein Abbild handelte! Auch nicht das Polizistenduo, das, alarmiert durch den Anblick eines verschwitzten, schlecht gekleideten Mannes, der am Seeufer kniet und lange ins Wasser starrt, herbeieilte, um mich vom Ufer zu entfernen. Über eine Viertelstunde hätte ich gestarrt, versicherten sie mir, und mein Gesichtsausdruck sei der eines Wahnsinnigen gewesen, auch wenn sie Letzteres so rücksichtsvoll wie möglich formulierten.

Sie behandelten mich höflich, was aber nicht bedeutet, dass ich sie leicht wieder losgeworden wäre. Zuerst führten sie mich unter die Bäume in den Schatten, weg von den indiskreten Blicken, fragten mich, ob ich mich setzen wolle, und als ich verneinte, begannen sie zu fragen, wie ich hieße und was geschehen sei. Meine Antwort ließ auf sich warten. Ich überlegte, ob ich die Wahrheit sagen sollte und welche Folgen das haben könnte. Aber auf diese Weise steigerten sich ihre Neugier und ihr Misstrauen nur noch. Ich zog es vor, mich versöhnlich zu geben, und begann mit dem Harmlosesten. Ich sagte ihnen meinen Namen und fügte hinzu, dass ich Schriftsteller sei. Sie blickten sich ungläubig an, vermutlich weil ich nicht wie ein Schriftsteller aussah. Ich erzählte ihnen, dass ich ganz in der Nähe des Parks wohne, und zeigte ihnen sogar die Spitze des Gebäudes, in dem mein Büro untergebracht war; man konnte sie über den Bäumen erkennen. Sie schauten mich misstrauisch an – später verstand ich wieso. Ich fuhr fort, dass ich einen Spaziergang in den Park unternommen habe, weil mir die Inspiration ausgegangen sei, und dass ich während des Spaziergangs, vielleicht auch wegen der starken Sonne, plötzlich ein Unwohlsein, einen Schmerz in der Brust, Schwindel und Atemnot verspürt und mich deshalb hingekniet habe, um wieder zu mir zu kommen. Erneut schauten sie sich an, und der jüngere der beiden schlug vor, einen Krankenwagen zu rufen. Ich lehnte das ab, so überzeugend ich konnte. Ich führte aus, dass ich mich schon viel besser fühle und dass der Vorfall mit gewissen Blutdruckproblemen zusammenhinge, die ich schon lange habe, ich unter ärztlicher Aufsicht stünde und die Anweisungen streng einhielte und nur nach Hause gehen und mich hinlegen müsse. Der ältere der beiden wollte wissen, welche Tabletten ich nehme. Ich verlor die Fassung. Ich murmelte, dass ich mich nicht erinnere. Er fragte, welche Farbe die Schachtel habe. Ich dachte, nun sei alles vorbei, aber er begann die Namen verschiedener Medikamente aufzuzählen, damit es mir vielleicht einfiele, um schließlich auf eines zu kommen, das seiner Meinung nach das Beste war. Seine Mutter habe es über zehn Jahre mit glänzendem Erfolg eingenommen. Ich blieb stumm. Er wollte meine Adresse wissen. Ich zeigte wieder auf das Gebäude und gab diesmal auch Straße und Hausnummer an. Vergeblich versuchte ich sie davon abzubringen, mich dorthin zu begleiten – sie bestanden darauf. Unterwegs fragte mich der jüngere Polizist scheinbar nebenher, ob sich in dem Gebäude, das ich als meine Wohnadresse angegeben hatte, außer Büros auch Wohnungen befänden. Ich erklärte ihm, dass ich vorübergehend an meiner Arbeitsstätte wohne, weil ich vor kurzem geschieden worden sei und meine Frau die Wohnung behalten habe. Die Antwort war für ihn wohl sehr überzeugend, denn er nickte zustimmend und voller Verständnis mit dem Kopf. Er blickte seinen Kollegen an, und sie wechselten ein Lächeln, das ich mir nicht erklären konnte. Sie liefen weiter neben mir her, aber es war offensichtlich, dass sich die Situation entspannt hatte. Als wir zum Hauseingang kamen und ich die Tür mit meinem Schlüssel öffnete, schenkten sie mir ihr höflichstes Lächeln, wünschten mir gute Besserung und setzten ihren Streifengang in der Überzeugung fort, ihre Pflicht erfüllt zu haben.

Als ich etwas später von oben auf den Park schaute, dachte ich darüber nach, dass der morgendliche Vorfall meinem Leben eine kritische Wendung gab – und zwar auf äußerst nachdrückliche Weise. Ich drehte mich um und warf einen Blick auf mein Büro. In der einen Ecke befand sich das Schlafkanapee, darauf türmten sich zerwühlte Decken. Die Regale quollen über, obwohl ich schon seit langem aufgehört hatte, Bücher zu kaufen, und auf dem Boden lagen verstreut zusammengeknüllte Blätter, unter die sich alte Zeitungen und Werbezettel mischten. Etwas weiter an der Trennwand zu der winzigen Küche stand die Espressomaschine, ein trauriges Gerippe, auf dem Schreibtisch stapelten sich Bücher, Zeitschriften und Manuskripte. Mein mittlerweile antiker Computer war von einer deutlich sichtbaren Staubschicht bedeckt. Im Hintergrund rauschte Wasser, seit einem Jahr lief die Toilettenspülung ununterbrochen. Als ich meinen Rundblick beendete, wurde mir bewusst, dass ich mich gerade von den Überresten meines bisherigen Lebens verabschiedet hatte.

Am nächsten Tag wandte ich mich an einen Makler, der mir versicherte, dass es im Stadtzentrum selbst für kleine Büroräume eine enorme Nachfrage gebe. Einen Monat später zog ich mit dem beruhigenden Gefühl, einen sechsstelligen Betrag am unteren Rand meines Bankauszuges zu wissen, in ein Hotel in der Heroes Street. Ich nahm nur das Notwendigste mit.

Die Auswahl des Hotels war kein Zufall. Es war sicher eines der billigeren der Stadt, ein richtiges Loch, aber sein trauriger Anblick wurde in gewisser Weise durch die Fotos ausgeglichen, die an den verblichenen Wänden der Rezeption hingen, den zweifelhaften Beweisstücken einer fernen, ruhmreichen Vergangenheit. Mitte des vergangenen Jahrhunderts war dieses Hotel der Zufluchtsort der künstlerischen Avantgarde gewesen. Schriftsteller, Dichter, Maler und Musiker hatten dort gewohnt und es zu einem Monument der künstlerischen Geschichte des Landes werden lassen. Gegen Ende des letzten Jahrhunderts hatten die Besitzer die glanzvolle Vergangenheit zu barer Münze gemacht. Sie gaben jedem Zimmer den Namen seines berühmtesten Bewohners und verwandelten auf diese Weise das Hotel in eine Touristenattraktion. Die Übernachtung kostete das Doppelte ihres tatsächlichen Wertes. Dieser Zeitraum erwies sich als der profitabelste, den das Unternehmen je erlebt hatte. Einige Jahrzehnte später, als die Namen der Zimmer nichts mehr bedeuteten, weil der Ruhm der Menschen, die einst dort übernachtet hatten, verblasst war, begannen auch die Wände ihre Farbe zu verlieren, der Teppichboden zerschliss, die Matratzen sanken ein und die Fenster klemmten zusehends, die Wasserhähne tropften und die Kacheln wurden stumpf. Das Einzige, was sich gleich blieb, waren die Fotografien in der Rezeption, auch wenn niemand mehr die Personen darauf erkannte.

Ich hatte Glück, denn in den Tagen, als ich eine Unterkunft suchte, wurde einer der Dauergäste verhaftet und damit eines der besten Zimmer frei. Zu jener Zeit bestanden die Gäste des Hotels, abgesehen von polizeilich Gesuchten, aus heruntergekommenen Gestalten, Dirnen und illegalen Immigranten, mehrheitlich stummen und düsteren Figuren, die sich mit dem Personal im Dauerkrieg befanden. Als ich sie besser kennen lernte, fragte ich mich, in welche Kategorie ich mich wohl selbst einzuordnen hätte. Ich neigte zu den *Heruntergekommenen*. Der Nachtportier versicherte mir hingegen, dass ich in keine der genannten Gruppen passe und meinetwegen möglicherweise eine neue Kategorie hinzufügt werden müsse: die der Exzentriker. Er sagte das einerseits, weil er für seine Hilfe beim Rauftragen meiner Sachen ein kräftiges Trinkgeld bekommen hatte, und andererseits, weil ihm noch nie ein Hotelgast begegnet war, der einen Computer benutzte, wenn auch einen uralten. Ich hatte keinen Grund, ihm seinen Irrtum auszureden. Ich konnte auch die kleinste Unterstützung für mein Selbstwertgefühl mehr als gebrauchen.

Zwei Wochen nach meinem Einzug wandte ich mich an das örtliche Arbeitsamt und trug in ein Formular meine Personalien und meine *besonderen Fähigkeiten* ein. So sorgfältig ich die Angaben, von denen ich annahm, dass sie mir eine respektable Arbeit verschaffen könnten, auch formulierte – ich erreichte beim zuständigen Beamten nicht mehr als eine routinierte Grimasse. Er beschloss, dass ich im Prinzip als ungelernt zu gelten hatte – auch wenn sich das, so wie er es aussprach, eher wie *unbrauchbar* anhörte –, und beendete die Unterhaltung mit einem trockenen »Wir geben Ihnen Bescheid ...«. Und tatsächlich informierten sie mich fünf, sechs Wochen später über eine freie Stelle bei der Stadtreinigung.

Domina Patty, die geräuschvolle Mieterin des Nachbarzimmers, eine rothaarige Dirne, die sich auf Sadomaso spezialisiert hatte, drang damals hartnäckig in mich, die Arbeit nicht anzunehmen. »Wenn du selbst dich unter Wert verkaufst, wie kannst du dann erwarten, dass es die anderen nicht genauso machen? Das ›Ungelernt‹ hättest du nicht akzeptieren sollen, aber gut, schließlich ist es nie zu spät. Zeig ihnen, wer die Oberhand behält, zeig ihnen, dass du es bist, der entscheidet, und dass du weißt, was du willst, und du wirst sehen: Sie werden für dich finden, was du suchst …« Ich war der Ansicht, dass sie mit den Dingen des täglichen Lebens mehr Erfahrung hatte als ich, und befolgte ihren Rat.

13

Patty arbeitete am westlichen Flussufer, in einer Gegend, wo es vor allem Lagerhäuser gab, große längliche Gebäude mit breiten Zufahrtsrampen vor den Toren. Sobald es abends dämmerte, leerte sich das Viertel. Wenn die Angestellten und Arbeiter aus den Lagerhäusern und die Fahrer der Gabelstapler nach Hause gingen, steuerten die Fahrer der großen Laster zum Fluss hinunter, zur Bar von Eliot, einem Trucker, der sein linkes Bein unter einer Ladung Metallrohre verloren hatte. Sie blieben bis spät in die Nacht, tranken, stritten und kauten die immer gleichen, meist hanebüchenen Geschichten wieder, die ihnen auf ihren endlosen Reisen widerfahren waren. In der schwebenden Zeit zwischen Tag und Nacht waren die Nachtwächter die Einzigen, die das Viertel bevölkerten und mit der Taschenlampe in der Hand ihren Bereich inspizierten. Kaum war die Nacht hereingebrochen, belebte sich die Gegend wieder. Die Rampen verwandelten sich in schlecht beleuchtete Laufstege, und die Straßen zwischen den länglichen Gebäuden füllten sich mit glänzenden Autos aus allen Ecken der Stadt.

Pattys Standplatz befand sich vor Lagerhaus Nr. 6. Sie wachte am späten Nachmittag auf und drehte als Erstes das Radio auf volle Lautstärke, als wäre sie nur dafür munter geworden. Danach kochte sie singend Kaffee – ich gelangte zur Überzeugung, dass es kein Lied gab, ob alt oder modern, dessen Text sie nicht kannte – und ging ins Bad, aus dem sie anderthalb bis zwei Stunden später wieder auftauchte. Sie wechselte zwei Worte mit dem Portier, die sich meist um das Wetter drehten – ein Faktor, der für ihre Beschäftigung von ausschlaggebender Bedeutung war –, und machte sich auf den Weg zum Fluss. Eine halbe Stunde später, wenn der Verkehr bei den Lagerhäusern bereits lebhafter war, traf – immer als Letzte – Patty in ihren Ledersachen an ihrem Stammplatz ein. Patty hatte es nicht eilig. Patty hatte keine Angst, einen Kunden zu verpassen. Patty hatte keine Angst vor Konkurrenz, denn Patty verkaufte sich selbst nicht unter Wert. Das war der Weg, den sie gewählt hatte, um allen zu zeigen, wer die Oberhand behielt. Und alle erkannten sie als die unbestrittene Königin vom Lagerhaus Nr. 6 an.

Patty war klein und mager. Sie hatte dichtes, langes rotes Haar und ein Gesicht, das einen hätte wetten lassen, dass sie nicht älter als siebzehn war, selbst wenn man wusste, dass sie auf die dreißig zuging. All dies in Kombination mit ihrer mädchenhaften Stimme und den winzigsten und wohlgestaltetsten Zehen, die man sich vorstellen kann – sie färbte sie passend zu ihrem Haar kupferrot –, machten sie zum begehrtesten Mädchen vom Lagerhaus Nr. 6. Sie selbst hatte mir, als wir uns gerade erst kennen gelernt hatten, erklärt, dass sie sich auf Sadomaso verlegt habe, weil das sehr viel hygienischer und bequemer sei. Ich war total erstaunt, vor allem, weil sie es ernst zu meinen schien. Sie überspielte meine Überraschung mit einem verständnisvollen Lächeln und enthüllte mir mit einem gewissen Überdruss – dem Ton des Spezialisten, der zum tausendsten Mal einem Laien die Lage erklärt –, dass ihre Freier, meist Stammkunden, wohlhabende, ruhige Familienväter wären, die nur selten den Vollzug des Beischlafs verlangten. Sie begnügten sich mit einer kleinen Show, einem Einakter der Unterwerfung, in dem die zierliche Patty die Rolle der Domina spielte. Die Accessoires, die sie in ihrer großen Tasche aufbewahrte, die lange Peitsche, die Handschellen, der Kautschukknüppel und die Stricke zum Festbinden, spielten sicher eine wichtige Rolle, aber ihrer Darstellung nach war das Wichtigste ihre Erfindungsgabe, ihre Fähigkeit zu improvisieren, ihr Einfallsreichtum und das Timing, wenn sie Befehle erteilte oder Gnadengesuche ablehnte. »Ich bin Autor, Regisseur und Hauptdarsteller in einer Person«, endete sie, und ihr Blick zeigte Genugtuung. Ich fragte mich, mit welchem Ergebnis wohl in ihrem Fall beim Zimmerman-Test zu rechnen sei.

Patty brauchte keinen Test. Sie verdiente das Dreifache der Mädchen, die in den Nachbarschuppen arbeiteten, sie hatte einen ruhigen Nachtschlaf (wie sie es sprichwörtlich nannte, denn sie sank erst beim Morgengrauen ins Bett) und für ihre Zukunft einen genauen Plan im Kopf. Sie würde noch einige Jahre weiterarbeiten. Das Geld, das sie verdiente – das Zehnfache von dem, was sie zum Leben brauchte –, war klug in Aktien, Anleihen, Immobilien und auf Bankkonten angelegt. Sie passte auf ihre Gesundheit auf, vermied Risiken und betete regelmäßig zu einem unbekannten Gott. Mit fünfunddreißig – am 15. April und keine Nacht später – würde sie sich aus ihrem Beruf zurückziehen und aufs Land gehen. Das Grundstück war schon gekauft, was noch fehlte, war das Haus – und wenn sie es bislang noch nicht gebaut hatte, dann deshalb, weil sie zusehen wollte, wie es Stein um Stein entstand. Sie zeigte mir sogar eine Skizze, die sie selbst angefertigt hatte. »Das ist noch nicht seine endgültige Gestalt«, sagte sie, »ich arbeite weiter daran. Aber im Großen und Ganzen stimmt es!« – »Und innen?«, fragte ich. »Ah, innen ... Wunderschön wird es sein. Mit nur wenigen Dingen darin! Ich mag zugestellte Zimmer nicht. Ich will, dass sie atmen. Und was hineinkommt, wird Stück für Stück sorgfältig ausgewählt. Ich habe mir bereits einiges überlegt.«

Ich bewunderte Patty. Ich beneidete sie. Ja, ich neidete ihr, dass es ihr gelungen war, sich ihren eigenen Kosmos zu schaffen, wie ein kleiner Gott, den die Finsternis nicht schreckt oder der im Moment des Erschreckens – das macht keinen Unterschied – ausruft: »Es werde Licht!« – und es wird Licht. Ich liebte Patty. Ich suchte nach Gelegenheiten, um mich mit ihr zu treffen. Nachmittags wartete ich ungeduldig darauf, ihr Radio zu hören, und saß dann stundenlang an der Wand und bewegte meinen Kopf im Rhythmus der albernen Schlager, die sie mochte. Ich ging immer vor ihr nach unten und nahm in der Rezeption Platz. Ich verfolgte ihren Dialog mit dem Portier und warf ab und zu einen Kommentar ein. Ich versuchte, ein notwendiger Bestandteil ihrer täglichen Routine zu werden. Später trat ich nach ihr hinaus auf den Gehweg vor dem Hotel und folgte ihr mit meinen Blicken, bis sie um die Ecke der Liberty Avenue bog, um zum Fluss hinunter zu gehen.

Ich verehrte sie, die Domina Patty. Und sie muss es bemerkt haben, so wie sie auch mein Zögern, es ihr zu gestehen, und eine ganze Reihe weiterer Züge meines Charakters bemerkte, von denen ich selbst keinen blassen Schimmer hatte. Eines Abends blieb sie vor dem Hotel stehen, blickte zum Himmel – der Portier hatte behauptet, dass es später regnen würde, auch wenn der Wetterbericht anders lautete – und wandte sich zum Eingang zurück, als ich gerade zu meiner üblichen Zeremonie ansetzte. »Willst du mich nicht ein Stück begleiten?«, fragte sie. »Ein Spaziergang ... Wenn du nichts anderes zu tun hast ...« Sie wusste, dass ich nichts zu tun hatte, wie sie auch wusste, dass ich, selbst wenn ich beschäftigt gewesen wäre, gern alles stehen und liegen gelassen hätte, um sie zu begleiten.

Wir spazierten zusammen bis zum Ostufer des Flusses. Die meiste Zeit redeten wir, das heißt, sie fragte und ich antwortete. Sie fragte nach meiner Person, nach meinem Leben, nach meiner Familie, nach meiner Frau – sie hatte ein Foto von Sarah gesehen, das einzige Foto, das ich in meinem Zimmer aufgehängt hatte, direkt neben den Spiegel. Zwei, drei Mal blieb sie vor den Schaufenstern stehen. Sie prüfte sorgfältig die Auslagen und ging kommentarlos weiter. Wir liefen ziemlich langsam, so als habe es keiner von uns beiden eilig. Als wir nach ungefähr einer Dreiviertelstunde den Fluss erreichten, blieb ich am Rand der Brücke stehen, weil ich nicht wusste, ob es sich gehörte, dass ich mit bis zum anderen Ufer kam. »Heute Abend wird es nicht viel zu tun geben«, sagte sie und hob ihren Kopf zum schweren Himmel. Auch ich blickte nach oben, vor allem weil ich nicht wusste, was ich sagen sollte. »Hast du einen Schirm dabei?«, fragte ich sie. »Immer!«, sagte sie und klopfte auf die große Tasche, die von ihrer linken Schulter hing. »Die Rampen sind allerdings überdacht«, fügte sie hinzu und verabschiedete sich mit einem Lächeln und einer kurzen, aber bedeutsamen Liebkosung an meinem Oberarm.

Ich blieb stehen, bis sie mir aus den Augen entschwand. Auf genau derselben Route machte ich mich auf den Heimweg. Ich marschierte langsam und trug ein schwachsinniges Lächeln im Gesicht, wie wenn man in seinem Kopf eine angenehme, aber weit zurückliegende Erinnerung bewegt. Auf der Mitte des Weges überraschte mich der Regen, aber das Lächeln verschwand nicht. Es war noch da, als ich am ersten der Schaufenster stehen blieb, die Patty betrachtet hatte, und auch, als ich klatschnass das Hotel betrat. Vielleicht fühlte sich der Portier deshalb veranlasst, triumphierend zu erklären: »Hab' ich's nicht gesagt? Nächstes Mal hört ihr auf mich.«

14

In jener Zeit zogen meine Tage einer nach dem anderen ruhig vorbei wie Wagons, die von einer alten, ausgeleierten Dampflok gezogen werden. (So wollte ich mein nächstes Kapitel beginnen, wenn ich nicht entdeckt hätte, dass dieselbe Beschreibung auch bestens auf meine jetzige Situation zutrifft. Das Einzige, was ich ändern müsste, wäre das vorletzte Wort: Die Dampflok ist bereits Schrott.) Ich weiß natürlich, dass Dampfloks schon vor langem aus dem Verkehr gezogen worden sind, aber in jenem Hotel mit den abgetretenen Böden und den verblichenen Fotografien an der Wand der Lobby schien das Leben aus einem anderen Jahrhundert zu stammen. Es mutete an, als lebten seine Bewohner am Rand der Zeit und warteten ohne die geringste Ungeduld auf eine Gelegenheit, auf den Moment, in dem sich vor ihnen ein Spalt auftäte, eine Öffnung, eine winzige Öffnung, gerade groß genug, dass sie sich hindurchquetschen könnten, um in die Epoche zurückzukehren, aus der man sie verbannt hatte.

Genau so fühlte ich mich: verbannt! Und ich selbst hatte meinen Namen in die Tonscherbe geritzt. Und nun war ich auf einer öden Insel der Zeit, fern der Heimat, fern meiner Wohnung, ohne Angehörige und Freunde, die sich um mein Schicksal kümmerten oder auf einen Brief von mir warteten, ohne Vergangenheit, da sich meine Spuren verwischt hatten, und ohne Zukunft, da kein Spalt groß genug wäre, mir die Rückkehr zu gestatten.

Wenn sich nach der Verabschiedung der letzten Besucher der Lärm des Tages legt, wenn die Korridorbeleuchtung gedämpft wird und die Nachtschwestern anfangen, sich flüsternd zu unterhalten, dann ertappe ich mich angesichts des Gespensts einer neuen und diesmal endgültigen und unwiderruflichen Verbannung bei dem Gedanken, dass vielleicht Sie, Herr Doktor, mein Fluchthelfer sein könnten.

Ich weiß! Ich weiß, dass ich von Ihnen vielleicht zu viel erwarte. Ich weiß, welches Gewicht ich auf Ihre Schultern lege. Natürlich ist mir bewusst, mit welcher Dreistigkeit ich handele. Aber was habe ich für eine andere Wahl, als auf Ihren – und sei es unwilligen – Beistand zu hoffen? Und wenn ich mich nicht so verhalte, wie es sich gehört, nicht Ihre Hand ergreife, wenn das eiskalte Stethoskop meine Rippen berührt, und Sie von Angesicht zu Angesicht mit meiner Verzweiflung konfrontiere, dann weil ich eine mögliche Ablehnung verhindern will. Ich weiß – ich sehe es in Ihren Augen –, dass es für Sie wesentlich schwieriger ist, den letzten Wunsch eines Verbannten zu ignorieren, vor allem wenn dieser Mensch sich in Ihrer Gegenwart aus dem Leben verabschiedet.

Und erlauben Sie mir, dass ich eines klarstelle. Ich weiß, dass Sie für meinen Abgang nicht die geringste Verantwortung haben. Ich glaube nicht, dass Sie irgendetwas tun könnten, um das Unabwendbare abzuwenden. Die Dinge haben ihren Lauf genommen, und daran vermögen Sie nichts zu ändern. Ich weiß das. Auch das sehe ich in Ihren Augen – man wird Ihnen schon gesagt haben, dass sie keine Geheimnisse bewahren können, selbst wenn Sie sich darum bemühen, wie es Ihnen Ihre natürliche Höflichkeit und Ihre berufliche Sorgfalt gebieten.

Ich bin tot, das wissen wir beide. Das Urteil ist gefällt und Berufung ist ausgeschlossen. Eher muss man sich wundern, dass mein Ende so lange auf sich warten lässt! Mehr kann ich nicht verlangen. Mehr will ich auch nicht. Nur eines noch. Das eben. Das Letzte. Dass Sie in dem Fall, dass ich – und sei es nachträglich – eine letzte Chance erhalte, mein Bürge und der Garant meiner Rückkehr sein werden.

Mit all der Kraft meiner Seele wünsche ich, dass Sie das nicht als Erpressung auffassen. Es handelt sich um eine flehentliche Bitte, um die letzte Bitte eines Verzweifelten, der sein ganzes Leben zögerte und es vorzog, auf der Schneide des Zweifels zu balancieren, als sich tapfer der Wahrheit in die Arme zu werfen, wie immer sie auch aussehen würde. Wie Sie sicher schon gemerkt haben, wenn

Sie bis hierhin gekommen sind, war der Preis dafür nicht gering. Wie könnte man Einsamkeit und Verlassenheit auch als geringen Preis betrachten, gleichgültig wofür!

15

In jener Zeit also zogen meine Tage einer nach dem anderen ruhig vorbei wie Wagons, die von einer alten, ausgeleierten Dampflok gezogen werden. Meine Vormittage waren in der Regel unbedeutenden Beschäftigungen gewidmet. Gegen Mittag suchte ich das Arbeitsamt auf, wo ich beständig denselben ablehnenden Bescheid erhielt. Nach einigen Wochen wurde sich sogar der zuständige Beamte der enervierenden Wiederholung bewusst und erlaubte sich eine winzige Gefühlsregung, indem er seinen formelhaften Satz durch eine Kopfbewegung ersetzte. Vielleicht war aber auch das seiner Berufserfahrung geschuldet. Die Nachmittage gehörten Patty, die Abende meinen vergeblichen Bemühungen, auch nur einen vernünftigen Absatz zu formulieren.

Es ist sicher unnötig zu betonen, dass die abendlichen Spaziergänge zum Fluss den besten Abschnitt des Tages – und daher meines Daseins – bildeten. Als wir uns gegenseitig schon so viele Geschichten aus unserem Leben erzählt hatten, dass die nächste jeweils eine gewisse Zeit der schweigenden Rückbesinnung auf die vorangegangenen erforderte, bat mich Patty, ihr von den Büchern zu berichten, die ich geschrieben hatte. Ich begann, sehr allgemein über meine Erzählungen zu sprechen, über den Geist, der die Sammlung beseelte, und den unsichtbaren, wenn auch vorhandenen roten Faden, der ihre neun Teile durchwirkte. Sehr bald unterbrach sie mich mit einem ungeduldigen: »Ja, aber was beschreiben sie? Die erste Geschichte zum Beispiel, worum geht es da?«

In den folgenden acht Tagen erzählte ich ihr auf unseren Gängen zum Ostufer, die stillschweigend von einer Dreiviertelstunde – wie bis dahin üblich – auf eine Stunde verlängert wurden, die »Geschichten« meiner Bücher wie Märchen, die man Kindern zur Beruhigung vorliest. Patty war kein Kind. Sie hörte aufmerksam zu und unterbrach mich nur selten, um eine Erläuterung zu erbitten oder eine dunkle Stelle aufzuhellen. Die neun Erzählungen berührten sie unbeschreiblich, vor allem die zweite – unnötig zu sagen, dass mir das einen kräftigen Schauer über den Rücken laufen ließ.

Für den *Abgrund* brauchte ich etwa einen Monat. Zu Beginn konnte sich Patty nicht mit der Hauptfigur identifizieren. Es erschien ihr unglaubwürdig, dass sich jemand das Leben nicht einfacher gestaltet, indem er die kleinen alltäglichen Dinge, die es bedrohen, einfach übergeht. Nach den ersten sechs, sieben Tagen jedoch, als sie den Sinn der Parallelisierung von Innen- und Außenwelt begriffen hatte, war sie begierig darauf, die Fortsetzung zu hören, und hatte keine Lust, weiterzugehen, wenn wir schließlich am Ostufer anlangten. Als das Buch sich dem Ende näherte, bat sie mich, mit über die Brücke zu kommen. Und in den letzten drei Tagen lud sie mich sogar auf ein Bier in Eliot's Bar ein und verlängerte auf diese Weise unser Zusammensein um eine weitere halbe Stunde.

Es war das beste Geschenk, das ich je bekommen hatte. Die Befriedigung, die ich verspürte, war nur mit der zu vergleichen, die ich aus meinen ersten Kritiken gezogen hatte. Ich ging so weit, die Erzählung auszudehnen und Episoden einzuflechten, die im Buch nicht vorkamen, nur um das Ende aufzuschieben und weiterhin diese unbekannte Frucht zu genießen: Das ungeheuchelte Interesse und die echte Rührung eines Zuhörers.

Leider hielt dieser Zustand nicht lange an. Als der *Abgrund* beendet war und ich mit dem *Strudel* anfing, fiel ihr Interesse steil ab und ihre Aufmerksamkeit ließ deutlich nach. Schluss war mit dem Bier bei Eliot's, und schon bald kehrten wir wieder zur Verabschiedung auf dem Ostufer zurück. Ich hatte den Verdacht, dass ich es vielleicht, mitgerissen von meiner Begeisterung, mit dem Strecken der Erzählung übertrieben hatte, und begann abzukürzen. In der Hoffnung, sie wieder für den Text zu gewinnen, verfiel ich ins andere Extrem und übersprang einzelne Teile bis hin zu ganzen Kapiteln. Jedoch vergeblich. Etwa einen Monat später gestand sie mir – nicht ohne ein gewisses Zögern –, dass ihr der *Strudel* nicht allzu sehr gefalle. Ich wollte den Grund wissen und ließ nicht locker, obwohl es ihr offensichtlich unangenehm war. Schließlich gab sie unverblümt zu, dass sie den Gedankengang meines Helden nicht verstehe und ihn übertrieben, gekünstelt, eben einfach nicht echt finde. Sie hielt den Kopf gesenkt und verbarg ihr Gesicht vor mir. Ich drängte sie, weiterzusprechen. Sie schüttelte ihre Haare zurück, sah mir in die Augen und sagte: »Weißt du, bei meiner Arbeit habe ich sehr viel Schlimmeres erlebt, aber das heißt nicht, dass ich das Recht habe, den ersten Besten umzubringen.« Für einen Moment – nur für einen Moment – war ich außer mir vor Zorn. Unmittelbar darauf befiel mich Panik. Ich hatte Angst, dass ich sie verloren hatte. Ich packte ihren Arm und begann ihr zu erklären, dass Bücher nicht geschrieben würden, um allgemeine Verhaltensregeln aufzustellen, sondern um Gedanken und Haltungen wiederzugeben, die manchmal absolut individuell sein mochten. Sie unterbrach mich mit einem »Ich bin spät dran ...« und verabschiedete sich von mir genau wie beim ersten Mal, als ich sie begleitet hatte: Mit einem Lächeln und einer kurzen, aber bedeutsamen Liebkosung am Oberarm. Sie machte zwei Schritte auf die Brücke zu, drehte sich dann um und rief: »Nimm es dir nicht so zu Herzen, das Vorherige hat mir halt besser gefallen.«

Was ich durch meine Erzählungen und den *Abgrund* mit so viel Mühe aufgebaut hatte, fiel mit dem *Strudel* in sich zusammen. *Das blaue Fahrrad* konnte die Trümmer nicht wieder zusammenfügen. *Der Knopf an der Brust* rief lediglich gegen Ende hin ein Lächeln hervor. Wenn ich meine – ohnehin angeschlagene – Selbstachtung zurückgewinnen wollte, musste ich alles auf eine Karte setzen. Eines Tages kündigte ich ihr auf dem Gehweg vor dem Hotel an, ich hätte vor, ihr die Handlung meines neuen Romans zu erzählen. Sie fragte mich, wieso ich ihn nicht schon früher erwähnt hätte. Unbeholfen überging ich die Frage. Sie wollte den Titel wissen. Ich sagte ihr den ersten besten, der mir in den Sinn kam: Der *Abgrund*, der *Strudel* und die *Seuche*, sprach sie lächelnd vor sich hin.*

* Aus irgendeinem unbekannten Grund lässt der Autor die *Spurensuche* aus. Dieses Buch wird zum letzten Mal im 6. Kapitel erwähnt.

Es versteht sich, dass ich mir das Ganze erst noch ausdenken musste. Meine erzählerische Gabe erstaunte mich selbst. Mein Improvisationsvermögen übertraf meine kühnsten Erwartungen. Das Ziel, das ich mir in den Kopf gesetzt hatte, war ein Bier bei Eliot's, aber als wir uns dem Fluss näherten, beschränkte ich meine Hoffnungen auf das gegenüberliegende Ufer. Selbst das schaffte ich nicht.

Es muss ungefähr gegen sechs Uhr am nächsten Morgen gewesen sein, als mich ein diskretes, aber beharrliches Klopfen an meiner Tür weckte. Es war Patty. Sie war so aufgeregt, dass sie nicht daran dachte, sich zu entschuldigen. Sie habe eine phantastische Idee, erklärte sie mir und stürmte herein. Es sei völlig unnötig, dass ich ihr die *Seuche* erzähle, sie könne sie doch schließlich lesen!

Noch halb im Schlaf begann ich eine lächerliche Rechtfertigung nach der anderen zu stottern. Patty war unerbittlich. Im Übrigen hatte ich selbst sie mit schlagkräftigen Argumenten ausgestattet.

»Hast nicht du gesagt, es sei nicht das Gleiche, ob man etwas lese oder vorgelesen bekomme? Hast nicht du von diesem magischen Objekt gesprochen, das man Buch nennt? Hast nicht du Tränen vergossen über deine eingestampften Werke? Wieso bist du jetzt plötzlich anderer Meinung?«

In Wirklichkeit gab es nichts, was ich diesem Schwall, den ich selbst mit Nahrung versorgt hatte, entgegensetzen konnte. Ich fuhr fort, mich selber Lügen zu strafen, indem ich Albernheiten erzählte. Dass die mündliche Erzählung einen anderen Reiz habe etwa, besonders wenn sie sich an eine so gute Zuhörerin richte …

Ich brachte sie nur noch mehr auf. Zutiefst gekränkt über meine kühle Reaktion auf ihren Einfall, brüllte sie, dass es sie verletze, wie eine Analphabetin behandelt zu werden, sie natürlich lesen und schreiben könne und das nur vorgeschlagen habe, um mir einen Gefallen zu tun. Wie in solchen Fällen üblich, beendete sie ihre Argumentation, indem sie donnernd die Tür hinter sich zuschlug, bevor ich reagieren konnte.

Ich fand weder den Mut noch die Kraft, ihr hinterherzulaufen und die Situation sofort zu bereinigen. Erstarrt verharrte ich mitten im Zimmer und überdachte die Möglichkeiten einer erneuten Annäherung, die Zeit, die notwendigerweise verstreichen müsste, die Methode, von der das beste Ergebnis zu erwarten wäre, die Sätze, die ich je nach Entwicklung der Lage einsetzen könnte, die Argumentation, die ich möglicherweise zu entwickeln hätte, die Gesten, mit denen ich meine Worte begleiten würde, Varianten des Finales ... Ich blieb dort stehen, bis es fast Mittag war. Und erst da wurde mir klar, dass unmenschlich war, was ich tat. In Wirklichkeit war ich damit beschäftigt, eine kleine Geschichte zu erfinden. Wann immer ich wollte, flüchtete ich vor der Realität und errichtete Gedankengebäude, um in ihnen die Welt nach meinen Wünschen zu gestalten. Willkürlich und mit dem dreisten Vorsatz, sie meinen Vorstellungen anzupassen, floh ich die Wirklichkeit. Ich ließ dabei unter anderem außer Acht, dass Patty – die ich so wenig kannte – keineswegs verpflichtet war, sich meinen Plänen zu beugen. Mir wurde bewusst, dass ich im Grunde genommen nur eine einzige Wahl hatte. Ich konnte nichts tun als warten.

Als ich ihr Radio hörte, das etwa eine Viertelstunde

später als üblich anging, trat ich mit nie gekannter Entschlossenheit hinaus auf den Flur und klopfte an ihre Tür. Sie öffnete sofort und nicht im Mindesten überrascht, so als habe sie mit mir gerechnet, und trat zur Seite, um mich einzulassen. Erst in diesem Moment wurde mir bewusst, dass ich ihr Zimmer zum ersten Mal betrat, und das reichte, um auch meinen letzten Vorrat an Mut in Luft aufzulösen. Wie ein Tölpel drehte und wendete ich mich nach allen Seiten und inspizierte den Raum. Mir bestätigte sich, wie wenig ich sie kannte. Neben dem Bett lagen Stapel von Architektur- und Einrichtungszeitschriften und an die Wand waren mit Reißzwecken Bleistiftskizzen von Grundrissen und Fotos von Haushaltsgegenständen geheftet – von Porzellan bis zu Sofas und Elektrogeräten –, die sie aus Katalogen ausgeschnitten hatte. Etwas weiter hinten hing eine unbeholfene Collage, der Versuch, ein männliches Gesicht zusammenzusetzen – des idealen Mannes? einer Jugendliebe? ihres Vaters? –, ein Gesicht, von dem ich ohne Selbstgefälligkeit sagen konnte, dass es mir ähnlich sah.

»Was führt dich her?«, fragte sie ohne jede Kälte in ihrer Stimme. Ich wandte mich um und schaute sie an. Sie trug einen langen cremefarbenen Bademantel, endlich mal ein einfaches, einfarbiges Kleidungsstück aus Baumwolle anstatt der vulgären Kunstledersachen, in denen ich sie gewöhnlich sah. Ich musste schlucken. Zwei Mal setzte ich zu sprechen an und beide Male hielt ich inne. Wenn ich Domina Patty vor mir gehabt hätte, die Königin von Lagerhaus Nr. 6, hätte nichts mich davon abgehalten, ihr die Wahrheit zu sagen, meine Lüge einzugestehen und sie zu bereuen. Domina Patty mit ihrem Überlebensinstinkt hätte gewusst, wie sie damit fertig werden sollte. Aber wie konnte ich dem Mädchen im Bademantel, das sein Zimmer mit Skizzen für das ideale Haus, die idealen Möbel, den idealen Mann, mit Plänen für sein zukünftiges ideales Leben gefüllt hatte, beichten, dass ich ein dümmlicher und unsicherer Lügner war, ein narzisstischer kleiner Betrüger, ein Eunuch, der von ihm haben wollte, was die anderen seinem eigenen Ego genommen hatten? Eine Zeit lang stand ich mit offenem Mund vor ihr, ohne einen Ton herauszubringen.

»Ich muss mich fertig machen, weißt du«, sagte sie und verschwand im Bad. Ich war drauf und dran, mit gesenktem Kopf davonzuschleichen, als ich hörte, dass sie das Radio leiser stellte. Ich blieb stehen und hoffte, dass sie etwas sagen würde, irgendetwas, an dem ich mich möglicherweise festhalten könnte, um weiterzuleben. Sie sagte nichts. Vielleicht hatte sie es getan, um zu hören, ob ich die Tür hinter mir schloss. Ich brach am Fußende ihres Bettes zusammen. Ich fiel auf die letzten Ausgaben der Zeitschrift »Gardener« und ließ zum ersten Mal seit vielen Jahren meinen Tränen freien Lauf. Sie benetzten die Kakteen auf den Hochglanzseiten. So fand mich Patty, als sie aus dem Bad kam. Sie beugte sich über mich und nahm mich in den Arm, ohne ein Wort zu sagen. Nur als sie mir die Augen abwischte, hörte ich ein beruhigendes »Schhhh«. Ich begann ihr zu erzählen, dass ich seit Jahren nichts geschrieben habe und wahrscheinlich nie mehr in meinem Leben etwas zu Stande brächte, und dass die Geschichte, die ich angefangen habe, ihr zu erzählen, nicht einmal in meinem Kopf existiere, dass ich das nur getan habe, um ... Ich weiß nicht mehr genau, wie weit ich kam, denn sie wickelte ihre Haare aus dem Handtuch, öffnete ihren feuchten Bademantel, und dort, auf den Kakteen, liebten wir uns, ruhig, sanft, ohne Eile und tröstend.

An jenem Abend verließen wir ihr Zimmer nicht, auch nicht am nächsten Morgen. Nachmittags aber stand Patty zur gewohnten Stunde auf, stellte das Radio an, verschwand im Bad und erschien anderthalb Stunden später als Domina Patty. Es war, als hätten sich ganze vierundzwanzig Stunden aus der Reihe der Tage gelöst, seien verschwunden und wären nur noch in unserer Erinnerung vorhanden. Vielleicht war genau dieses Gefühl daran schuld, das Gespenst eines verschwundenen Tages, das im Zimmer schwebte, jener Nachschein der Ereignisse, der als Beweis dafür, dass sie tatsächlich geschehen sind, nicht genügt. Vielleicht geschah es, weil ich mich noch im Halbschlaf befand, in jener Phase, in der man zwar die Augen offen hat, einem aber alles, was man sieht, eher wie ein Traum denn als Realität erscheint. Vielleicht hatte aber auch nichts davon Schuld. Vielleicht war ich einfach nicht bereit zu akzeptieren, dass mein Leben mir noch etwas Positives bescheren konnte, und lehnte mich deshalb, als Patty aus dem Bad kam und anfing, den Inhalt ihrer großen Tasche zu inspizieren, aus dem Bett, griff nach meiner Hose, suchte in der rechten Tasche die zerknüllten Geldscheine und sprach jenes grässliche »Was bin ich dir schuldig?« aus.

Patty erstarrte für eine Sekunde, als habe sie plötzlich bemerkt, dass wir nicht allein im Zimmer seien und erblicke gerade in diesem Moment das Gespenst des vergangenen Tages, das über der Bettdecke schwebte. Ja, irgend so etwas muss sich abgespielt haben, denn obwohl sie sich mir zuwandte, fixierte ihr Blick einen Punkt einen halben Meter über meinem Kopf. Es verging ein Augenblick, bevor sie sprach, das war allerdings genug Zeit, um mir die Tragweite meiner Dummheit bewusst werden und mich begreifen zu lassen, dass ich vom Leben an den Strand geworfen worden war und kein Recht mehr hatte, auf ein rettendes Wunder zu hoffen.

Sie senkte den Blick auf ihre Tasche und verlangte einen lächerlich geringen Betrag, um hinsichtlich ihrer Gefühle auch nicht die Spur eines Zweifels zu lassen. Ich lächelte, als ich ihn hörte, aber sie hob ihren Blick, schaute mich ernst an und zeigte mir mit einer betont professionellen Geste, wohin ich das Geld legen sollte.

Als hätten wir gleichzeitig den Entschluss gefasst, kein Wort mehr darüber zu verlieren und das Gespenst dieses Tages in jenem Zimmer einzuschließen, gingen wir zusammen hinunter zur Rezeption, sprachen mit dem Portier über das Wetter, bannten auch den letzten Rest Verlegenheit und traten dann – sie vorneweg, ich hinterher – hinaus auf den Gehweg. Wir blieben stumm, bis wir in die Liberty Avenue und zum Fluss einbogen, und nahmen unsere Lebensfäden genau dort wieder auf, wo wir sie aus der Hand gelegt hatten. Am selben Abend erklärte mir Patty, die alte, vertraute Domina Patty, beim Bier in Eliot's Bar, dass ich, wenn ich auch ein nächstes Mal mit ihr dort Bier trinken wolle, die ersten Seiten der *Seuche* dabeihaben müsse. Ich erschrak nicht, ich fühlte auch keine Panik. Ich lächelte lediglich und dachte, dass Domina Patty ihre Waffen gegen mich einsetze und mit mir einen kleinen Einakter der Unterwerfung spiele. Dein Wille geschehe, flüsterte ich ihr zu, und schon in derselben Nacht machte ich mich an die Arbeit.

16

An der *Seuche* schrieb ich über anderthalb Jahre. Jeden Abend las ich Patty in Eliot's Bar die Arbeit des vergangenen Tages oder besser der letzten Nacht vor, da ich meinen Tagesablauf drastisch geändert hatte, um mich ihr anzupassen. Obwohl ich immer geglaubt hatte, ein Morgenmensch zu sein und eine einfache Umgebung mit vollkommener Ordnung und Ruhe zu brauchen, um nicht abgelenkt zu werden, fand ich mich wieder, wie ich an einem Tisch in Eliot's Bar schrieb, mitten im Qualm und unter dem dröhnenden Geschwätz der Trucker, das meist von der Musik aus der Jukebox übertönt wurde.

Kaum war Patty verschwunden, legte ich los und schrieb bis zum Morgengrauen. Dann kam sie wieder und wir aßen zusammen, bevor wir zum Hotel zurückkehrten. Wir schliefen bis zum späten Mittag, wachten vom Kaffeeduft auf, wenn es Pattys Kaffeemaschine (einem antiken Alessi-Modell, Baujahr 2012) beliebt hatte anzuspringen, faulenzten eine Stunde im Bett und gingen gemeinsam hinunter, um wie immer in Eliot's Bar zu landen. Hier las ich ihr den neuen Abschnitt vor, ehe sie aufbrach und ihren Posten vor der Lagerhalle Nr. 6 bezog.

Nach den ersten drei Monaten kündigte ich mein Zimmer und zog zu Patty. Meine Sachen quetschte ich, soweit ich sie behalten wollte, mit der stillschweigenden und etwas säuerlichen Einwilligung des Nachtportiers in einen feuchten Keller. Beim Arbeitsamt schaute ich nicht mehr vorbei. Zu irgendeinem Zeitpunkt – ich weiß nicht mehr genau, wann – erhielt ich eine Benachrichtigung, dass es eine freie Stelle im Städtischen Gartenbauamt gab. Patty war sich sicher, dass es sich dabei – da ich von Pflanzenpflege keine Ahnung hatte – um eine Umschreibung für das Einsammeln von Müll und Hundescheiße handelte und das Ganze keine weitere Beachtung verdiente. Um auch meine letzten Zweifel zu zerstreuen, schlug sie mir vor, dass ich ihr die Verwaltung meines Bankkontos anvertrauen solle. Sie versicherte mir, dass man mit zwei, drei klugen Dispositionen meinen Lebensunterhalt sicherstellen könne, insbesondere weil meine täglichen Ausgaben durch unser Zusammenleben spektakulär gesunken seien.

Es versteht sich, dass ich einwilligte, nicht so sehr weil ich ihrem Investitionsplan vertraute oder Angst vor körperlicher Arbeit hatte, sondern weil ich mit der Wendung, die mein Leben genommen hatte, absolut zufrieden war. Ich fühlte mich wieder ausgeglichen und ruhig, und das war mir seit Jahren nicht mehr passiert. Den morgendlichen Schlaf in ihren Armen oder den abendlichen Spaziergang und das Bier in Eliot's Bar hätte ich gegen kaum etwas anderes eingetauscht. Der einzige Stachel in meinem Fleisch war die lächerliche Summe, die ich jedes Mal auf ihr Nachtschränkchen legen musste, wenn Patty, nachdem wir uns geliebt hatten, ins Bad ging. Da sie nie wieder auf dieses Thema zurückkam, konnte ich nicht anders, als die Strafe zu erdulden, die ich verdient hatte. Erleichterung verschaffte mir lediglich der Gedanke, dass Patty dieses Geld für mich verdiente, indem sie die Summe, die mir vom Verkauf meines Büros geblieben war, in Aktien anlegte. Sie selbst erwähnte das Thema Geld nur ein einziges Mal. Und sie tat es nicht, um mir zu imponieren, sondern aus Freude darüber, dass sie gegen den Rat ihres Investmentberaters darauf bestanden hatte, Aktien einer kleinen Transportfirma zu kaufen, deren Wert sich innerhalb von nur vier Monaten wegen eines Abkommens über Atommülltransporte mit der pakistanischen Regierung verzwanzigfacht hatte. Ich bewunderte ihren Riecher, aber sie enthüllte mir stolz, dass ihre Beharrlichkeit auf die vage Bemerkung eines ihrer Stammkunden zurückzuführen war. Er arbeitete in der Transportfirma als Abteilungsleiter und hatte Patty, da er sie lange nicht besucht hatte, erzählt, er sei geschäftlich in Pakistan unterwegs gewesen. Sein Verhalten und das Trinkgeld, das er ihr gab, hatten für eine erfolgreiche Reise gesprochen, und das war alles. »Bist du glücklich darüber, dass du jetzt reich bist?«, fragte mich Patty. »Ich bin über alles glücklich, was ich dir verdanke!«, sagte ich und meinte es ehrlicher als je zuvor.

Was ich ihr vor allem verdankte, war das tröstliche Gefühl, ihr mit der *Seuche* einen Teil dessen zurückgeben zu können, was sie für mich getan hatte. Was für eine Illusion! Der Einzige, dem der Text nützte, war ich selbst. Wo also blieb meine Gegenleistung? Und dennoch, diese Illusion brachte mich dazu, die *Seuche* zu beenden.

Da Patty der einzige Adressat des Buches war, verspürte ich nicht die geringsten Verpflichtungen oder Hemmungen hinsichtlich des Themas, des Stils oder des Umfangs, der Glaubwürdigkeit der Charaktere und der Handlung – Probleme, die mich einst bis zur Erschöpfung beschäftigt hatten. Meine einzige Sorge war, ihr zuverlässig jeden Abend einen neuen Ausschnitt zu präsentieren. Und das tat ich.

Die *Seuche* spielt in einer fiktiven Hafenstadt namens Arno, in der Menschen aus aller Herren Länder zusammentreffen. Der Erzähler ist ein englischer Arzt namens

Eugene Eure, der durch seine Tätigkeit von der Geschichte der beiden Protagonisten Kenntnis erhält. Unerwartet verbinden sich die Schicksale eines Schriftstellers und eines Bildhauers, als in Arno eine unbekannte Seuche ausbricht und die Stadt unter strenge Quarantäne gestellt wird. Der erste Teil des Romans behandelt den Beginn der Seuche, den man erst spät eingesteht, da kein Einwohner geneigt ist, seine alltägliche Routine von der Angst stören zu lassen. Gleichzeitig werden die beiden Haupthelden vorgestellt: Der Bildhauer Soirest, den die Suche nach neuen plastischen Formen in die Stadt geführt hat, aus deren architektonischem Konglomerat er hofft, schöpfen zu können, und der Schriftsteller Nite, der in diesem Hafen Anker geworfen hat, um seine Inspiration wiederzugewinnen, sich aber schließlich zügellosen erotischen Abenteuern überlässt. Tagsüber läuft Soirest mit Block und Bleistiften unter dem Arm herum. Zur gleichen Zeit bemüht Nite sich zu schreiben, hängt dabei jedoch den erotischen Ausschweifungen der vergangenen Nacht nach und wartet ungeduldig auf den Abend, um sie wieder aufzunehmen. Soirest wird von der Seuche erfasst, und es ist Nite, der den ihm unbekannten Nachbarn findet, als dieser sich zuckend auf der Treppe windet. Er ruft einen Arzt – eben Eure. Der zweite Teil des Romans schildert die Beziehung zwischen Nite und Eure. Die beiden Männer verfolgen die Ausbreitung der Seuche und versuchen gleichzeitig, etwas gegen den sich ständig verschlechternden Gesundheitszustand von Soirest zu unternehmen. Zwischen ihnen entwickelt sich eine enge persönliche Bindung. Sie spüren dem Zerfall des von der Krankheit besiegten menschlichen Körpers und dessen Auswirkungen auf die menschliche Psyche nach, die vor Angst über die bevorstehende Auslöschung ins Taumeln gerät. Die präzisen wissenschaftlichen Beobachtungen des einen werden durch den Blick des anderen ergänzt, der bis ins Innerste der menschlichen Seele dringt.

Trotz der unübersehbaren Bezüge war ich fest davon überzeugt, dass ich meine Absichten gut versteckt hatte. Es ist jedoch fraglich, ob Patty den Namen Foirest mehr als zwei Mal aus meinem Mund gehört hatte, als sie ihre Schlussfolgerungen zog. Sie merkte ziemlich schnell, dass ich versuchte, mit der Seuche den Zimmerman-Test zu umschreiben, dass Arno gerade deshalb eine nicht existente Stadt war, weil ich eine Aussage über alle Städte machen wollte, und dass ich mit dem Tod nichts anderes meinte als das Erlöschen der Kreativität.

Ihre warmherzige Reaktion und ihre Kompetenz als Zuhörer gaben mir die Kraft, den Roman zu Ende zu schreiben. An jenem Winterabend 2056 brauchten wir über eine Stunde, um zu Eliot's Bar zu gelangen, weil wir beide wussten, dass es keinen Aufschub mehr gab. Wir setzten uns an unseren Tisch und bestellten Bier. Ich weiß nicht, ob es tatsächlich passiert ist oder ich es mir im Nachhinein einrede, aber an jenem Abend lächelte Eliot mir zu, als er die Gläser vor uns hinstellte. Ich trank meines aus und bestellte ein zweites, ehe ich mit dem Vorlesen begann. Patty wartete geduldig, bis ich mich dazu durchrang, die zerknitterten Seiten aus meiner Hosentasche zu ziehen. Langsam und zeremoniell, wie es die Situation erforderte, strich ich sie glatt.

Der letzte Teil des Romans setzt mit einer sehr starken Szene ein – mit Soirests Selbstmord. Als sich abzuzeichnen beginnt, dass man in Arno die Seuche unter Kontrolle bringt, wird Soirest klar, dass für ihn keine Aussicht auf Rettung besteht. Seine Symptome klingen nicht ab. Die Verschlimmerung seines Zustands führt ihn an den Rand des Zusammenbruchs. Sein gesamter Körper schmerzt unerträglich, die Wunden auf seiner Haut hören nicht auf zu eitern und er wird wellenartig von hartnäckigen Krämpfen heimgesucht. Seine psychischen Reserven sind aufgebraucht, die Kräfte verlassen ihn. Soirest bittet Eure und Nite um eine ehrliche Antwort, auch wenn ihm bewusst ist, dass die Illusion der Hoffnung das Beste ist, was sie ihm geben können. Beide tun, was in ihrer Macht steht, um ihn davon zu überzeugen, dass alles gut gehen wird, aber vergebens. Bei der ersten Gelegenheit nimmt Soirest die Wäscheleine, legt sich eine Schlinge um den Hals, befestigt das andere Ende am eisernen Schaft des Fahnenhalters und stürzt sich vom Balkon seines Zimmers ins Leere. Beim Anblick des erhängten Freundes, der über den Köpfen der Gaffer schwebt, verliert Nite den Verstand. Er entreißt einem Polizisten die Waffe, zerstreut wild um sich schießend die Menschenansammlung, klettert auf den Balkon und zieht mühsam den Toten nach oben. Als ihm die Munition ausgeht, verbarrikadiert er sich im Zimmer. Stunden später wird er von Spezialeinheiten verhaftet, in eine Arrestzelle überführt und landet schließlich in der Psychiatrie. Eure, der im Roman, wie Patty zutreffend bemerkt, die Rolle Gottes verkörpert, beendet die Erzählung. Er beklagt den unnötigen Tod der beiden Helden und sagt das erneute Auftreten der Seuche voraus, die niemals endgültig besiegt werden kann.

»Ich hatte gehofft, dass Nite am Ende verschont bleibt, aber ich sehe ein, dass du nicht anders konntest«, sagte

Patty und drückte mir mit leuchtenden Augen die Hand. Wie ist es möglich, überlegte ich, dass ein Blick von ihr mir so viel Kraft gibt? Sie beugte sich über den Tisch und gab mir einen sanften Kuss auf die Wange. Ein Trucker pfiff spöttisch, aber keiner von uns beiden beachtete ihn. Patty drückte mir erneut die Hand und sagte, dass sie in zwei, höchstens drei Stunden zurückkommen werde. Das sei doch ein Anlass zum Feiern. Sie erhob sich und wandte sich zur Tür und ich folgte ihr mit meinen Blicken. Ich hob mein Glas, ohne zu bemerken, dass es leer war, und registrierte, dass Eliot mit einem Getränk in der Hand auf mich zukam. Er stellte es vor mich hin, und ehe ich noch fragen konnte, was das zu bedeuten hatte, zeigte er mit einer knappen Bewegung in seine Richtung.

Ich hatte ihn schon vorher hier gesehen, zumindest seinen Rücken, seine Hände, die nervös mit dem Getränk auf dem Tresen spielten, und seine teure Uhr, die er demonstrativ zur Schau stellte. Ziemlich oft sogar hatte ich ihn gesehen. In letzter Zeit kam er jeden Abend. Er saß immer auf demselben Hocker, immer über den Tresen gebeugt, immer mit dem Rücken zum Gastraum. In Eliot's Bar hatte man sich, wenn man in Ruhe gelassen werden wollte, um seine eigenen Sachen zu kümmern. Und genau das tat ich auch und deshalb war mir nichts Besonderes aufgefallen.

Diesmal hatte er sich zu mir umgewandt. Den einen Fuß auf den Boden, den anderen auf die Sprosse des Hockers gestützt, lehnte er mit dem linken Arm, an dem die glänzende Uhr baumelte, auf der Bar, mit der rechten Hand hob er ein Glas vor sein Gesicht. Seine Augen glänzten und sein Blick strahlte Triumph aus, als er sagte: »So weit bist du also gesunken? Dass du Camus beklaust, um Eindruck bei einer Nutte zu schinden?«

Instinktiv blickte ich zur Tür, um mich zu vergewissern, dass Patty weit genug entfernt war. Sie trat gerade hinaus auf die Straße und hatte nichts gehört. Ich sprang auf, ergriff das volle Glas und schleuderte es ihm an den Kopf. Er duckte sich, was mich beeindruckte. In seinem Alter – er musste einige Jahre älter sein als ich – grenzte eine solche Reaktion an ein Wunder. Der Spiegel hinter ihm zersplitterte. Er drehte sich nach dem Geräusch um und ich ergriff die Gelegenheit und sprang ihn an. Ich stieß ihn vom Hocker, aber er hielt sich im Fallen an meinen Kleidern fest und sein Gewicht riss mich mit zu Boden. Wir rangen miteinander, bis uns eine Bank im Weg stand. Ich befand mich oben, hielt mich an einem Tisch fest und zog mich hoch. Er stieß mir mit beiden Füßen die Beine weg. Der Tisch stürzte um mit allem was darauf stand. Ich packte ihn mit einer Leichtigkeit, die mich selbst erstaunte, und hielt ihn vor mich wie einen Schild. Das hinderte meinen Gegner nicht, sich mit Schwung auf mich zu werfen und mich zum Fonds der Bar zu schieben, wo sich die Toiletten, das Telefon und die Jukebox befanden. Ich knallte mit dem Rücken gegen die Wand. Es tat weh, aber nicht so weh wie der Satz, den er mir an den Kopf geschmissen hatte. Ich schüttelte ihn ab, hob den Tisch hoch und warf ihn in seine Richtung. Er duckte sich unter eine Bank. Der Tisch prallte mit Schwung daran ab und zerbrach in Stücke. Solange mein Gegner noch am Boden lag, lief ich vor und ergriff eines der metallenen Tischbeine. Er bewaffnete sich rechtzeitig mit einem Teil der Platte. Ich hielt den Speer und er den Schild. Die Auseinandersetzung war verbissen und hatte nicht länger als drei Minuten gedauert. Als die Zuschauer, die bis dahin die Zweikämpfer mit wilden Schreien angefeuert hatten, begriffen, dass die Bar ihres früheren Kollegen dabei war, sich in ein Schlachtfeld zu verwandeln, traten sie zwischen uns. Sie entwaffneten uns mit Leichtigkeit – und das hatte nichts damit zu tun, dass sie in der Überzahl waren. Danach teilten sie sich in zwei Gruppen auf und zeigten uns, wie es jemandem ergeht, der sich am Besitz eines ehemaligen Truckers vergreift. Ich nehme an, dass Pattys Schreie und Tränen uns retteten. Sie war umgekehrt, als sie den Lärm gehört hatte, warf sich Eliot buchstäblich zu Füßen und flehte ihn an, dafür zu sorgen, dass sie aufhörten.

Sie ließen erst von uns ab, als sie uns aus der Bar gestoßen und wie Säcke auf den Gehweg am Westufer geworfen hatten. Patty stürzte sich auf mich und fragte, ob ich verletzt sei, ob es mir gut gehe oder ob sie mich ins Krankenhaus bringen solle. Als ich nicht antwortete, bemerkte sie, wie ich ihn anstarrte, und wandte sich nach ihm um. Er hielt sich am Geländer fest und bemühte sich aufzustehen. Blut floss sein Gesicht hinunter und ließ den Gehweg schlüpfrig werden und er rutschte aus. Patty machte Anstalten, ihm zu helfen, aber ich hielt sie gewaltsam am Arm zurück. »Kennst du ihn?«, fragte sie. »Es ist Sigmund Boyd«, sagte ich.

Als er seinen Namen hörte, drehte Boyd sich um und schaute mich grinsend an. Seine Zähne waren rot vor Blut, vielleicht fehlten auch ein paar. Obwohl ich mir das nicht selbst in dem Maße anrechnen konnte, wie mir lieb gewesen wäre, grinste ich bei dem Gedanken, dass er bekommen hatte, was er verdiente.

17

Ich hätte sicherlich jeden Grund gehabt, ihn sich selbst zu überlassen, wie er an das Geländer geklammert und mit den Beinen zappelnd in seinem eigenen Blut ausrutschte, aber jener Satz hatte keine Sekunde aufgehört, in meinem Kopf zu hämmern, er übertönte sogar den Nachhall der Faustschläge.

Um Patty loszuwerden, versicherte ich ihr, dass ich sehr gut allein zum Hotel zurückkehren könne. Als ich sie um die Ecke des nächsten Lagerhauses biegen sah, näherte ich mich ihm. »Weißt du vielleicht, wo es hier in der Nähe eine Apotheke gibt?«, fragte er, während er sich bemühte, aufrecht neben mir zu stehen. Ich hätte ihm helfen können, aber ich tat es nicht. Wenn man es sich zum Beruf gemacht hat, die anderen in Zweifel zu stürzen, kann man nicht erwarten, dass sie es einem nicht irgendwann heimzahlen. Ich erklärte ihm, dass ich in der Nähe wohne und es das Beste sei, wenn er mit zu mir käme. Er sah mich erstaunt an. Er fragte sich offenbar, ob das eine Falle war und er sich mir nach all dem noch anvertrauen könne, und er kam wohl zu einem positiven Schluss, denn er stellte sich mir gegenüber, blickte mich grinsend an und wartete darauf, dass ich die Richtung vorgab.

Schweigend bewegten wir uns zur Brücke, ein seltsames Paar Verprügelter mittleren Alters, das bei jedem Stolpern die Blicke der wenigen Passanten auf sich zog. Kurz nach der Mitte der Brücke blieb er stehen und grimassierte vor Schmerzen. »Vor allem von Eddy hätte ich das nicht erwartet. Im Bett ist er sehr zärtlich«, sagte er und betastete seine Rippen. Ich ging nicht darauf ein, obgleich er mit diesem Satz eine Menge Rätsel löste, was sein häufiges Erscheinen in Eliot's Bar betraf. In meinem Gehirn ging noch immer Camus um. Ich hätte wirklich kein Problem damit gehabt, ihm die niedrigen Beweggründe meiner Großherzigkeit zu entdecken, aber ich war sicher, dass er das Gespräch selbst darauf bringen würde. Den restlichen Weg über sagte er kein Wort. Offensichtlich bereitete ihm das Atmen starke Schmerzen. Er hatte zwei Schnittwunden im Gesicht – Trucker haben eine Vorliebe für große, verzierte Ringe – und beugte sich bei jedem Halt, den wir einlegten, vor und spuckte Blut.

Als wir das Hotel betraten, wurde mir bewusst, dass ich in keinem sehr viel besseren Zustand war. Der Portier zog bei unserem Erscheinen ein verärgertes Gesicht, aber ich versicherte ihm, dass es nicht nötig sei, die Polizei zu rufen, und er beruhigte sich. Einige seiner zahlungskräftigsten Gäste wären für Tage um den Schlaf gebracht, hätte ein Polizist seinen Fuß in das Etablissement gesetzt. Mühsam stiegen wir zu Pattys Zimmer hinauf und ließen uns erschöpft fallen – er in den einzigen Sessel, ich auf den Boden.

»Was hast du gemeint, als du gesagt hast, ich würde Camus beklauen, um Eindruck zu schinden?«, fragte ich ihn ungeduldig.

»Ich wäre dir dankbar, wenn ich ein feuchtes Handtuch und ein Glas Wasser haben könnte oder auch einen Schluck Alkohol, wenn es so etwas gibt. Das Blut bringt mich ganz durcheinander.«

Ich erhob mich und bedeutete ihm fast schreiend, dass ich nicht weniger eingesteckt hätte als er, auch wenn das, was mich wirklich aufregte, Boyds altbekannte Taktik war.

Genau so hatte er vor zwanzig Jahren in seinen Kritiken operiert. Sie begannen stets mit einer skandalösen Anspielung, um den Leser zu zwingen, auf der Suche nach einer Erklärung dafür den gesamten Text durchzuarbeiten. Die Auflösung fand sich erst ganz am Schluss, häufig erwies sich die Anspielung aber auch als grundlos. Sie diente lediglich als Arbeitshypothese, erfüllte jedoch ihren Zweck. Mit zufriedenem Lächeln hatte Boyd in einem Fernsehinterview selbst zugegeben, diesen Trick, für den ihn alle bewunderten, anzuwenden. Ich war sicher, dass er, kaum mit Handtuch und Drink versorgt, ständig nach etwas Neuem verlangen würde, bis ich entnervt aufgäbe. Erst dann würde er meine Frage beantworten.

Er kippte den Gin, den ich ihm brachte, in einem Zug herunter und bat darum, sich hinlegen zu dürfen. Ich breitete einen langen Mantel auf den hellen Laken aus und half ihm hinüber. Mit dem Zipfel des Handtuchs begann ich das Blut aus seinem Gesicht zu wischen. Ich entdeckte eine weitere Wunde über seiner Stirn, dort, wo seine Haare sich dramatisch lichteten.

»Du wirst es nicht glauben, aber Eddy hat zweimal so fest zugeschlagen wie die anderen«, sagte er.

Absichtlich presste ich das Handtuch mit der Ecknaht auf die Wunde. Er beschwerte sich, akzeptierte jedoch, dass ich die Oberhand hatte, und insistierte nicht.

Ich tunkte einen sauberen Zipfel in den Gin und wandte mich ihm zu. »Es mögen mehr als vierzig Jahre her sein, dass ich die *Pest* gelesen habe, aber ich bin sicher, dass sie in Oran spielt.«

Er blickte mich einige Sekunden scharf an. Ich wandte meinen Blick nicht ab. So intensiv ich auch überlegte, ein überzeugenderes Argument fiel mir nicht ein. Er schloss die Augen und murmelte: »Selbst ein zehnjähriges Kind würde das Anagramm entdecken. Nur die Ratten fehlen! Der Arzt,* die Seuche, der Hafen, die Quarantäne, der Selbstmord durch Erhängen ...«

Ich warf ihm das Handtuch auf die Brust und stand verärgert auf. »Diese Geschichte ist einem Freund von mir passiert, dem Bildhauer Pascal Foirest. Er erhängte sich, nachdem Dragg den Code der Labore geknackt und das Geheimnis der AA hinausposaunt hatte. Es ist lächerlich, mich des Plagiats zu bezichtigen!« Ich stand am Fußende des Bettes und schrie. Er machte nicht einmal die Augen auf. Ich wusste, was er entgegnen würde (dass selbst wenn ich es unbewusst getan hätte, die Ähnlichkeiten trotzdem bestünden), wie ich auch wusste, dass er Recht hatte.

Stattdessen sagte er mit einer Stimme, die eine unglaubliche Müdigkeit erkennen ließ: »Ich bezichtige niemanden.« Er tat mir beinahe leid, denn es war überdeutlich, dass er sehr viel mehr damit meinte: »Ich bin nicht mehr in der Position, irgendjemanden zu bezichtigen.«

Seit vielen Jahren schon war es nicht mehr an Sigmund Boyd, zu loben oder zu verurteilen, Aktien an der Literaturbörse in die Hausse oder Baisse zu treiben und Namen ihren Platz in der Pyramide der Kunst anzuweisen. Diese Aufgabe hatten die Labore übernommen, die sich mit der Entzifferung der DNA beschäftigten. Durch sie war die Rangordnung auf irritierende Weise vereinfacht worden. Lange schon hatte es an der Kunstbörse keine bedeu-

* Ein weiteres Anagramm, das Boyd übersehen hat: Der Erzähler in der Pest von A. Camus heißt Bernard Rieux.

tenden Schwankungen mehr gegeben. Die Pyramide war eingeebnet. Es gab nicht länger geniale, große, gute, mittelmäßige oder schlechte Schriftsteller. Es gab nur noch Schriftsteller und Nichtschriftsteller. Auch die Kritik war aufgerufen, sich der neuen Realität anzupassen. Statt zu bewerten, hatte sie nun zu präsentieren. Die Kritiker wurden zu einem profitablen Glied in der Kette der public relations, die ein Verlag unterhielt. Ihre Texte verwandelten sich in Pressebulletins, die das Erscheinen eines neuen Buches ankündigten. Nur wenige lehnten sich gegen diese düstere Entwicklung auf. Die meisten schwiegen. Anfang der vierziger Jahre hielt sich in den Kreisen der AA hartnäckig das Gerücht, dass sich eine ganze Reihe Kritiker einmal im Monat im berühmten Irene's Club träfen und Meinungen über die Neuerscheinungen austauschten und dass sie ihren Kreis in Anlehnung an die AA »CA«* getauft hätten, ein für ihre Gattung seltener Beweis von Selbstironie.

Was die meisten im privaten Kreis taten, machte Boyd in der Öffentlichkeit. Mit großer Sorgfalt wählte er den geeigneten Fall aus: die Erstveröffentlichung eines Wunderkindes namens Teo Angelou**, einen außerordentlich knappen Roman – er reichte trotz der Bemühung, ihn durch geschickten Seitenumbruch aufzublasen, nicht über neunzig Seiten hinaus – mit dem Titel *Verflucht!*. Boyd gab seiner Kritik, in der er darlegte, dass es sich eher um einen Witz als um einen Roman handele, den Titel *Und zu-*

* CA: Abkürzung für Critics Anonymous, gleichzeitig aber auch für Krebs in der Medizin.

** Pseudonym eines Autors griechischer Abstammung, Theodore Angelides'.

genäht!. Natürlich kam es zum Skandal, auch wenn die Reaktionen eher verhalten waren. Kollegen von anderen Zeitungen beeilten sich – freiwillig? –, die Situation zu retten, indem sie Vorzüge wie die »gelungene Entsprechung zwischen Titel und Umfang des Romans« erfanden und sich über das eigentliche Problem ausschwiegen. Boyd schaute nicht untätig zu. Er ging in seiner Kolumne auf ausnahmslos jeden seiner Kollegen ein, auch auf diejenigen, die er offen verachtete. Seine Absicht war mehr als deutlich. Bevor jedoch eine solche Debatte, die alle gezwungen hätte, das Selbstverständliche infrage zu stellen, überhaupt aufkam, wurde Boyd entlassen. Am selben Tag veröffentlichte seine Zeitung ein ganzseitiges Interview mit Angelou, der – vermutlich auf den Rat des PR-Teams seines Verlages hin – unvergleichliche Zurückhaltung und Großmütigkeit an den Tag legte. Er erklärte, dass er hinter dem gegen ihn gerichteten Angriff, den er nicht provoziert habe, kein Motiv erkennen könne und traurig sei über den Fauxpas eines so bedeutenden Mannes, den er selber einmal bewundert habe. Boyd musste auf äußerst schmerzhafte Weise erfahren, dass Demokratie und Pressefreiheit Grenzen kannten. Seine Ansichten wurden respektiert, niemand wollte ihm das Recht auf seine persönliche Meinung nehmen. Aber es war auch niemand verpflichtet, sie zu veröffentlichen. Boyd blieb arbeitslos, und das reichte als Botschaft an seine Kollegen.

All das wusste ich. Ich wusste auch, dass Boyd aus mir unbekannten Gründen bei einer Versammlung der AA erschienen war, wo er schräge und schadenfrohe Blicke geerntet hatte, obwohl er der Einzige seiner Zunft war, der sich gegen den gemeinsamen Gegner erhoben hatte.

Einen Augenblick lang war ich von dem Widerspruch beeindruckt, den seine Erscheinung zu dieser Entwicklung bildete: der teure Anzug, die auffällige Uhr, die handgemachten Schuhe, die über das Bett hinausragten. Dann überlegte ich, dass Boyd über privates Vermögen verfügen mochte, um diese Überlegung sofort wieder zu verwerfen. Nie zuvor, selbst nicht zu der Zeit, als er allmächtig war, hatte Boyd den Eindruck eines Menschen vermittelt, der mehr ausgibt, als er durch seine Arbeit verdient. Natürlich konnte im Lauf der vielen Jahre einiges passiert sein, er hätte, sagen wir, im Lotto gewinnen oder einfach eine ertragreichere Arbeit als die Literaturkritik finden können – Patty hatte mir eindrucksvolle Lektionen in Sachen Lebensunterhalt gegeben. Da ich nicht bereit war einzugestehen, dass ich dank ihrer geschickten Vermögensanlage finanziell über die Runden kam und meine einzige Beschäftigung darin bestand, skrupellos die Größen des vergangenen Jahrhunderts zu bestehlen, um bei ihr Eindruck zu schinden (ich hatte dabei ein ruhiges Gewissen, bezweifelte allerdings, ob ich auch Boyd überzeugen konnte), zog ich es vor, das Thema nicht zu berühren. Im Übrigen hatte ich ein sehr viel ernsteres Problem zu lösen.

Patty musste jeden Moment zurückkommen und hätte sicher Schwierigkeiten zu begreifen, was Boyd in unserem Bett suchte. Es gäbe eine Menge Anlass, ins Grübeln zu geraten, und ich würde einiges an Argumenten brauchen, um sie zu beruhigen, ganz abgesehen davon, dass ich mir nicht sicher war, welche Argumente angebracht wären und wie überzeugend sie klängen. Als ich beschlossen hatte, dass es das Beste sei, ihn sofort von hier wegzuschaffen, entdeckte ich, dass er eingeschlafen war.

Für einen Moment, für den Bruchteil einer Sekunde, der jedoch ausreichte, um die Panik von jeder Faser meines Körpers Besitz ergreifen zu lassen, glaubte ich, dass Boyd in meinen Armen sterben werde, vielleicht wegen irgendeiner unsichtbaren Verletzung, einer inneren Blutung, die von – wieso nicht? – den Schlägen des zärtlichen Eddy hervorgerufen worden war. Ich sah bereits die Fernsehreportagen und Zeitungsschlagzeilen vor mir, die von der wütenden Rache eines vergessenen Schriftstellers berichteten. Sie wurden von den Aussagen der Lastwagenfahrer garniert, unter denen diejenige Eddys eine herausgehobene Stellung einnahm. Seine freizügige Schilderung dessen, was für ein guter und zärtlicher Mensch der unglückliche Kritiker im Grunde genommen gewesen war, verlieh dem Ganzen die unerlässliche pikante Nuance.

Boyd reagierte nicht auf meine besorgte Bitte, er möge sich erheben. Gott sei Dank war das rasselnde Geräusch, das ich für mühsame Atemversuche gehalten hatte, nur der Vorbote eines Schnarchens gewesen. Als ich zu ihm trat und ihn voller Panik schüttelte, öffnete er mit einem Ruck die Augen und erhob sich zu meiner großen Verblüffung nahezu umgehend und mühelos und ohne den geringsten Einwand gegen meinen Entschluss zum beschleunigten Aufbruch. Vielleicht lag es am Alkohol, vielleicht an der Müdigkeit, vielleicht glaubte er auch, Stunden geschlafen zu haben. Als ich das Zimmer aufgeräumt, die blutigen Handtücher versteckt, den Mantel an seinen Platz gehängt und mein Gesicht, das schlimm aussah, etwas gewaschen hatte, war Boyd wieder bei Fassung. Sein Gesicht zeigte erneut den gleichen herablassenden Ausdruck wie damals auf dem Foto links oben neben seiner Kolumne.

Als wir in die eiskalte Luft hinaustraten, blieb er kurz stehen, legte seine Pose ab und dankte mir für alles, was ich für ihn getan hatte. Ich erklärte ihm, dass ich ihn bis nach Hause begleiten wolle. Ich musste sicher sein, dass er heil ankam, und sei es nur, um auch den letzten Rest meiner Panik zu bannen. Er ging bereitwillig auf mein Angebot ein, warnte mich aber, dass er zu Fuß ginge.

Seine Wohnung lag, wie er mir erklärte, sehr weit entfernt, fast am anderen Ende der Stadt in einem Viertel mit Villen, die von riesigen Gärten umgeben waren. Die Lotto-Theorie erschien mir jetzt noch wahrscheinlicher, aber wieder brachte ich das Thema nicht zur Sprache. Obwohl ich überlegte, dass ich für hin und zurück über drei Stunden brauchen und Patty vor Sorge verrückt werden würde, wenn sie mich bei ihrer Rückkehr nicht anträfe, lief ich nicht nur weiter neben ihm her, sondern nahm auch den Zigarillo, den er mir anbot.

Boyd wollte alles wissen: Womit ich beschäftigt gewesen war, seit er meine Spuren verloren hatte, ob ich – abgesehen von der *Seuche* – schrieb und wovon ich lebte. Ich war außergewöhnlich vorsichtig und blieb kurz angebunden, aber das schien ihn nicht zu stören. Als er irgendwann aus meiner Beschreibung erkannte, dass ich mit Patty zusammenlebte, bat er mich für die zweite Hälfte seines Satzes in der Bar um Verzeihung. Ich schaute ihm in die Augen, um sicher zu sein, wie er das meinte. Er wechselte sofort das Thema und kam auf meine ersten Bücher zu sprechen. Mit erstaunlicher Klarheit erinnerte er sich nicht nur an seine eigenen Rezensionen, sondern überhaupt an alles, was über sie geschrieben worden war. Eine gewisse Zeit schwätzte er über die gute alte Zeit. Er schimpfte hemmungslos über das Verlagsestablishment und die Praktiken, die es seit Erscheinen des Tests anwandte, und zeigte Verständnis für das Sakrileg, das ich mir – wenn auch unbewusst – zu Lasten Camus' hatte zu Schulden kommen lassen. Es sei nicht zu umgehen, sagte er mir, dass man den Zimmerman-Test als Seuche ansehe, obwohl mir (und an dieser Stelle blieb er emphatisch stehen) wichtige Elemente der Gesamtsituation entgingen.

Im Nachhinein bewundere ich ihn für seine inszenatorischen Fähigkeiten. Er bereitete seine Schlussattacke auf unglaublich hinterhältige Weise vor. Er ließ die Anspielung zwischen uns schweben und wartete, während er mit seinen Blicken die Gegend absuchte oder so tat, als suche er, denn ich bin sicher, dass er den geeigneten Ort bereits seit geraumer Zeit gefunden hatte. Wir standen auf dem Gehweg der Victory Avenue vor dem Koloss des Harriman Konzerns*, gegenüber vom Coffee Net, dem einzigen Lokal der Kette, das vierundzwanzig Stunden geöffnet hat. Er lud mich zu einem Kaffee ein. Ich folgte ihm, fest an seinem Haken zappelnd. Er bestellte zwei Tassen Jamaica Blue, bot mir noch einen Zigarillo an und fragte mich, wie ich die Idee fände, etwas zu schreiben und auch zu veröffentlichen.

Der Schwindel hatte in aller Stille gewaltige Ausmaße angenommen. Die Idee war von Harriman entwickelt worden – jenem dämonischen und exzentrischen grauhaarigen Verleger, der sich als Verehrer von Wilde bezeichnete

* Harriman, Saul (1991–2073), Gründer und Hauptaktionär des seinerzeitigen Verlagsriesen Harriman Press. Mitte der sechziger Jahre, nach J. Nolans Selbstmord, verlor er die Kontrolle über den Verlag.

und, da niemand ihm das glaubte, seinen honigfarbenen Cockerspaniel Oscar nannte. Boyd arbeitete für ihn. Harriman war der Erste gewesen, der frohlockt hatte, als der Test ihm erlaubte, nahezu die Hälfte seines Verlagspersonals zu entlassen, jene Leute, die ihm reichlich Ruhm, ziemlich viel Macht und noch mehr Geld verschafft hatten. Und er war auch der Erste, der schon früh den Engpass in der Verlagsproduktion erkannte, der sich auf Grund der schwindenden Zahl der Schriftsteller abzeichnete. Er stellte Boyd ein und vertraute ihm die Abteilung der Ghostwriter an. Unter Boyds Oberaufsicht schrieben Mitglieder der AA gegen eine fürstliche Entlohnung, die zugleich ihr Schweigen garantierte, für die *Wunderkinder.*

Boyds Vorschlag war unzweideutig. Er suchte jemanden, der für Jim Nolan* schreiben sollte, Harrimans neuen Star. Nolan, dessen kommerzieller Erfolg praktisch keine Grenzen kannte, weil er aussah wie ein Filmstar, war nicht geneigt, mehr als hundertfünfzig Seiten zu Papier zu bringen, und das auch nur alle drei Jahre. Dagegen war er mehr als einverstanden, alles zu unterschreiben, was ihn nicht bloßstellte.

Ich hörte sprachlos zu. Der teure Kaffee vor mir wurde kalt, die Schmerzen, die von den Schlägen der Trucker stammten, nahmen weiter zu, und nach den blauen Flecken in Boyds Gesicht zu urteilen, gab ich ein ähnliches Bild ab wie er. Der junge Ober warf uns ab und an einen Blick zu, auch wenn ihn seine Arbeitszeit gelehrt haben dürfte, sich nicht so leicht zu wundern. Ich schaute in

* Nolan, Jim (2031–2065), Schriftsteller, der im Verlag Harriman Press insgesamt fünf Bücher veröffentlichte. Er beging 2065 Selbstmord.

seine Richtung, weil ich nicht wusste, wohin ich blicken sollte. Ich hörte Boyd sagen, dass ich nicht sofort antworten müsse, aber auch nicht unbegrenzt Zeit zum Überlegen habe. Er gab noch einen kleinen Hinweis auf die Höhe der Bezahlung und schloss das Gespräch geschickt mit einer alten Wendung, wonach der Schriftsteller nur durch die Augen des Lesers existiere.

18

Ich lasse mich hinreißen. Obwohl ich eigentlich auf überschaubarem Weg zum Schluss kommen will, suche ich ständig nach Ausflüchten. Die Zeit dehnt sich über ihr natürliches Maß und die Szenen ufern aus. Sogar mir selbst versuche ich weiszumachen, dass ich ein Geständnis ablege, obwohl ich unablässig mit der Idee liebäugele, es handele sich um Literatur – gestern habe ich sogar darüber nachgedacht, welche Widmung ich dem Text voranstellen könnte! Wie das Sprichwort sagt: Die Katze lässt das Mausen nicht ...

Eigentlich müsste mir die Hand zittern vor lauter Sorge, dass ich nicht fertig werde. Ihre Überzeugung, Herr Doktor, dass ich, solange ich schreibe, theoretisch nicht in Gefahr sei, tröstet mich wenig. Vielleicht habe ich auch damals geglaubt, dass im Schreiben meine Rettung liege, und deshalb eingewilligt. Vielleicht war Boyds Kunstgriff wirksamer, als ich eingestand. Wann existiert denn der Schriftsteller? Wenn er schreibt, oder wenn er gelesen wird? Und was hat größeren Wert? Dass um jeden Preis – und sei es ohne Autor – das Werk existiert oder dass es unter dem Namen seines Schöpfers durch die Jahrhunderte reist? Die Versuchung ist in beiden Fällen zu groß, als dass man sich vorbehaltlos für das Erste entscheidet! Die Ruhmsucht ist die Geliebte der schöpferischen Menschen, die treue Begleiterin ihrer Kunst.

Schauen Sie mich an, Herr Doktor, wie ich hier liege, unfähig mich ohne fremde Hilfe aufzurichten, zu einem Lebenden geschminkt und mit Plastikschläuchen bestückt, die überall aus mir herauszuwachsen scheinen. Betrachten Sie die zahlreichen Apparate, die sich abrackern, um das labile Gleichgewicht von Zahlen, Tonsignalen und Diagrammen, das mein Leben ausmacht, in Balance zu halten. Und ich vergeude meine letzten Kräfte – nicht um Ihre ehrenwerten Bemühungen zu unterstützen, sondern um meinem Schicksal ein Schnippchen zu schlagen!

Es ist mir nicht genug, dass ich selbst davon überzeugt bin. Es reicht mir nicht, dass Sarah und Patty es wissen. Ich könnte nicht zufrieden sein, wenn nicht alle davon erführen – und vor allen der schöne Jimmy Nolan. Es ist mir nicht genug, es selbst zu vernehmen – und sei es auch im letzten Moment. Es reicht mir nicht, dass Sie, Herr Doktor, es aller Wahrscheinlichkeit nach wissen. Ich will, dass, wenn möglich, alle Welt es erfährt, auch wenn ich nicht mehr da sein werde, um die süße Rache zu genießen. Das ist der Preis, den ich für meine Angst bezahlen muss. Ich habe es akzeptiert und bin innerlich ruhig.

Heute Morgen kamen Sie in mein Zimmer und konnten Ihre Unruhe über die Verschlechterung meines Zustands gestern Abend nicht verbergen. Ich hab es an Ihrer Miene gesehen, an Ihrem unsicheren Schritt, Ihrem Zögern, als Sie den Umschlag auf den Nachttisch neben mir legten. Ich habe es an Ihrer Stimme gehört, als Sie mir sagten, es sei nichts Ernstes. Sie sind kein guter Lügner, Herr Doktor. Darüber freue ich mich. Denn das Einzige, was ich von Ihnen verlange, ist, dass Sie die Wahrheit sagen, dass Sie den Umschlag öffnen und jedem, der es will, die Wahrheit zeigen, wenn ich weder Ohren noch Augen haben werde, die im entscheidenden Augenblick nervös zucken könnten.

19

Eine Woche später teilte ich Boyd mit, dass ich in seinen Vorschlag einwillige. Die Verzögerung war vor allem Patty zuzuschreiben, die darauf beharrte, dass es besser sei, den Job im Städtischen Gartenbauamt anzunehmen – selbst wenn ich ihn nicht mehr nötig hätte –, als so etwas. Patty erschien es tausendmal besser, im Park Hundescheiße einzusammeln, als Bücher zu schreiben, die unter Nolans oder irgendeinem anderen Namen veröffentlicht wurden. Wie eifrig ich mich auch bemühte, ihr zu erklären, dass dies der einzige Weg sei, zu meinem Recht zu kommen, wie sehr ich sie auch mit Vergleichen wie Ein-Schriftsteller-der-nicht-publiziert-ist-wie-ein-Lagerhaus-ohne-Laderampe bombardierte, sie war nicht zu überzeugen. Ich verlangte ja nicht, dass sie mich verstand, aber ebenso wenig war ich gewillt, die allwissende Beratermiene zu ertragen, mit der sie mir sagte, dass ich meine Entscheidung sehr bald bereuen würde. Und so rief ich eines Morgens von der Rezeption aus Boyd an, und wir verabredeten uns im Coffee Net – wo sonst?

Auch diesmal kam ich nicht dazu, meinen Kaffee zu trinken. Kaum hatte ich ihm gesagt, dass ich akzeptiere, als Boyd zustimmend nickte, mir die Hand gab und mich aus meinem Stuhl und über die Victory Avenue zog, hinauf in den neunzehnten Stock des Harriman Building, in die Büros der Harriman Works Ltd., wie auf der imposanten Messingtafel am Eingang zu lesen war. Seltsamerweise gingen wir zuerst in die Buchhaltung, wo Boyd für mich den üppigen Vorschuss kassierte (er unterschrieb auch die Quittung). Danach führte er mich in ein kleines, helles Zimmer, in dem es lediglich einen schlichten Schreibtisch ohne Schubladen, einen anatomisch geformten Sessel und einen Computer gab, der den neuesten technischen Standards entsprach. Ich versuchte ihm zu erklären, dass ich in letzter Zeit andere Arbeitsmethoden entwickelt hätte, auch wenn ich bezweifelte, dass ich mich in Eliot's Bar noch blicken lassen konnte. Boyd redete mir das sofort aus. Was ich schriebe, würde ich hier schreiben, an diesem Computer. Kopien könne ich nicht mitnehmen. Das Sicherheitspersonal führe beim Betreten und Verlassen des Gebäudes Leibesvisitationen durch. Bei Fertigstellung des Buches bekäme ich eine weitere Abschlagszahlung und nach seiner Veröffentlichung den Rest. Er selbst würde den Fortschritt des Werkes verfolgen, das letzte Wort habe allerdings Nolan. Ich sei absolut frei, was die Auswahl des Themas betreffe, aber bei Stilfragen habe er das Recht zu intervenieren. Unsere Zusammenarbeit könne jederzeit und ohne Vorankündigung beendet werden. In einem solchen Fall erhielte ich eine großzügige Abfindung, und damit seien meine Rechte abgegolten. Es gebe keinen festen Zeitrahmen für die Fertigstellung des

Buches, und es sei keine Pflicht, täglich zu erscheinen, aber Boyd empfahl mir, es nicht zu übertreiben.

Während er auf mich einredete, sah ich durch die halbgeöffnete Tür, wie Olena De Vol* mit einer Zigarette im Mund vorbeiging. Boyd lächelte stolz. »Ich habe die Besten hergeholt«, sagte er. »Olena schreibt für Meredith Short**.« Bevor er sich verabschiedete, ließ Boyd Nolans Bücher bringen. Er musterte sie kurz, legte sie mit einem »Wirf mal einen Blick rein, es macht nicht besonders viel Mühe«, auf den Schreibtisch und ließ mich allein.

Es machte überhaupt keine Mühe! Innerhalb von zweieinhalb Stunden hatte ich alle drei gelesen. Bevor ich mein Tagewerk beendete, wusste ich bereits, welches Thema Nolans nächstes Buch haben würde. Ich startete den Computer und schrieb zwei, drei Absätze dazu in den Ordner *Nolan/Anmerkungen.* Ehe ich aufstand, um zu gehen, erhielt ich die erste – doppeldeutige – E-Mail von Boyd: »Good start!!!« Mir war es gleichgültig, ob es sich dabei um einen Wunsch oder eine Bewertung handelte. Ich steckte den Umschlag mit dem Geld in die Tasche und brach auf. Noch bevor ich die Straße betrat, fiel mir der Titel ein: *Alter Ego.* Einen Moment dachte ich daran, ins

* De Vol, Olena (1998–2083), Schriftstellerin österreichischer Herkunft, die Ende der zwanziger Jahre eine Sammlung mit Erzählungen herausbrachte. Sie weigerte sich, den Test zu machen, war führendes Mitglied der AA und veröffentlichte nach dem Nolan-Skandal zwei Romane.

** Short, Meredith (2029–), Schriftstellerin, die vor dem Nolan-Skandal vier Romane publizierte und eine Sammlung mit Erzählungen unmittelbar danach. Diese Sammlung stieß bei Kritik und Publikum auf negative Resonanz und bedeutete das Ende ihrer Karriere.

Büro zurückzukehren und ihn aufzuschreiben, aber dann hatte ich keine Lust, erneut die extensive Leibesvisitation über mich ergehen zu lassen. Ich beeilte mich stattdessen, um Patty noch zu erwischen, ehe sie sich zum Fluss aufmachte. Sie ließ mich nicht einmal meinen ersten Satz zu Ende sprechen. »Ich will gar nicht wissen, wie du dich selbst quälst …«, sagte sie spitz. Dass Patty sich weigerte, auch nur das Geringste über meine Tätigkeit bei Harriman zu erfahren, war weder die einzige noch die größte Veränderung in unserem Leben. Für etwas mehr als ein Jahr, so lange ich eben brauchte, um die einhundertzwanzig Seiten von *Alter Ego* zu Papier zu bringen, sahen wir uns nur sehr selten. Wenn sie im Morgengrauen wiederkam, stand ich auf, um ins Büro zu gehen. Wenn ich nachmittags zurückkehrte, war sie auf dem Weg zum Fluss. Manchmal begleitete ich sie bis zum Ostufer, aber meistens war ich so erschöpft, dass ich gleich ins Bett sank. Im Nachhinein ist mir klar, dass mein Verhalten nicht nur der Erschöpfung geschuldet war. Pattys beharrliche Weigerung, mit mir über meine Arbeit zu reden, ging mir auf die Nerven. Ihre dickschädlige Haltung schuf Distanz. »Du musst dich nicht ärgern«, sagte sie mir eines Nachmittags, während sie in der Liberty Avenue ein Schaufenster betrachtete. »Wir können uns nicht häufiger sehen, weil wir an verschiedenen Standplätzen arbeiten. Du willst auch nicht wissen, was ich mit meinen Kunden mache.«

Ich war blind geworden. Ich wollte nicht wahrhaben, dass sie Recht hatte. Ich hatte mich voll und ganz in die Arbeit gestürzt, ohne lange zu überlegen, wo mich das hinführen würde. Die wenigen Male, die ich mich in meinem Sessel zurücklehnte und mir diese Frage stellte, tröstete ich mich schnell mit dem Gedanken, dass in den Nachbarbüros Olena De Vol und Aquiles Domingo*, der für Van Tailor** schrieb, auch nichts anderes als ich machten.

Obwohl wir denselben Arbeitsplatz hatten, grüßten wir uns nur selten, wenn überhaupt. Olena versteckte sich hinter ihrer Zigarette und Aquiles hing seine Nase in eine Sportzeitschrift. Nun gut, Aquiles und ich waren uns nicht einmal vorgestellt worden, ich kannte ihn nur durch seine Erzählungen, die er noch rechtzeitig in den zwanziger Jahren veröffentlicht hatte. Mit Olena aber war ich bei den AA häufig zusammengekommen. Ich hatte ihr sogar meine Bewunderung ausgesprochen, nicht nur für ihr einziges Buch, eine Sammlung mit Erzählungen, die '28 erschienen war, sondern auch für ihre kämpferische Haltung und ihre unerschöpfliche Energie – Vorzüge, die sie in führende Stellungen der Organisation gebracht hatten. Es war deutlich, dass keiner von beiden meinen Enthusiasmus teilte, aber dennoch fühlte ich mich bei dem Gedanken, dass wir uns im selben Boot befanden, sehr viel besser.

Dann war da noch Boyd. Ich hatte nicht erwartet, dass er sich trotz seiner Situation eine spielerische Ader bewahrt

* Domingo, Aquiles (2002-2071), Schriftsteller, der fast ausschließlich Erzählungen schrieb, von denen er in den zwanziger Jahren zwei Sammlungen veröffentlichte. Er hatte nach dem Nolan-Skandal ein Come-back mit zwei Sammlungen von Short Stories.

** Tailor, Van (2030-2068), Schriftsteller, der vor dem Nolan-Skandal vier Romane publizierte. 2068 im Swimmingpool seines Hauses ertrunken. Nachforschungen der Polizei, ob (im Zusammenhang mit dem Nolan-Skandal) ein Verbrechen vorläge, verliefen ergebnislos.

hatte, aber bei meinem ersten Versuch, in *Alter Ego* eine aus einem alten Roman von Philip Roth geklaute Figur einzuführen,* handelte ich mir lediglich ein »Hm ... warum nicht?« ein und freute mich darüber sehr. Dieses Pingpong-Spiel mit einem scharfen und behänden Geist war das Tröstlichste in den endlosen einsamen Stunden, die ich im Harriman-Building verbrachte. Boyds stilistische Anmerkungen, seine erfindungsreichen Kommentare zur Gliederung der Handlung und zur Ausarbeitung der Charaktere, seine scharfsinnigen Bemerkungen über die Entfaltung des Themas – und all das in den E-Mails, die ich ab und zu vorfand, wenn ich morgens den Computer startete, knapp, elegant und charmant formuliert, waren ein Anreiz, dem ich mit einer solchen Beharrlichkeit und Hingabe nachjagte, dass die Peitsche gar nicht vonnöten war.

Im ersten Jahr bei Harriman ließ mein schöpferischer Eifer nicht für einen Augenblick nach. Noch bevor *Alter Ego* abgeschlossen war, hatte ich schon ein, zwei Ideen für eine Fortsetzung formuliert. Boyd bremste mich mit den Worten, dass nicht wichtig sei, ob ich in einem solchen Tempo produzieren könne, sondern ob das im Hinblick auf Nolan Glaubwürdigkeit hatte. »Im Übrigen ist niemandem gedient, wenn du bald an Dampf verlierst.« Ich fragte nach, ob das hieße, dass ihm meine Ideen nicht gefielen. Boyd versicherte mir, das sei nicht der Fall, und damit war das Thema erledigt.

Als ich *Alter Ego* abgab, erfuhr ich, dass Nolan etwas Eigenes in der Mache habe, so dass ich notgedrungen war-

* Vermutlich bezieht er sich auf Jerry Livov, eine Nebenfigur in dem Roman *American Pastoral* von Philip Roth, der Ende des letzten Jahrhunderts den Pulitzer-Preis erhielt.

ten müsse. Nach mehr als einem Jahr harter Arbeit war ich über die Pause erleichtert. Ich kehrte zu dem Tagesrhythmus zurück, den ich vor der *Seuche* innegehabt hatte, den morgendlichen Spaziergängen durch die Stadt und den Nachmittagen mit Patty im Bett. Sehr schnell jedoch bemerkte ich an mir erste Anzeichen von Ungeduld. Meine Schritte führten mich immer öfter vor die Schaufenster von Booking. Wenn ich eine Zeitung kaufte, und das tat ich häufiger und häufiger, schaute ich zuerst ins Feuilleton – etwas, das seit den vierziger Jahren nicht mehr vorgekommen war. Und ein, zwei Mal sah ich im Traum, wie Nolan den Nationalpreis erhielt und ihn doppeldeutig seinem Alter Ego widmete.

Nolan bekam den Nationalpreis für *Alter Ego* nicht. Lediglich zwei Stimmen hatten gefehlt. Aber alle sprachen von »seinem reifsten Werk«, von der »Essenz seiner ästhetischen Experimente« und von »seinem bekannten Mut bei der Wahl des Themas, der sich wieder einmal bewährt habe«. Ich könnte einen Haufen weiterer unerträglicher Gemeinplätze anführen. Ich hatte nicht erwartet, gerade aus den Zeitungen zu erfahren, wie gut ich meine Arbeit gemacht hatte. Sosehr ich auch suchte, ich fand nicht den geringsten intelligenten Kommentar, nicht eine einzige weitsichtige Bemerkung, nicht ein und sei es andeutungsweise originelles Lob, denn von Tadel konnte ohnehin keine Rede sein. Und dennoch las ich mit geradezu masochistischer Beharrlichkeit auch die letzte Zeile, die über das Buch geschrieben wurde, immer in der Hoffnung, dass jemand Augen hätte zu sehen, Verstand, um zu begreifen, und Mut genug, um zu sprechen – eine vergebliche Mühe.

Genau in dem Moment, als die Enttäuschung die Zwangspause noch unerträglicher machte, ließ Boyd mich wissen, dass er mich sehen wolle. Er teilte mir mit, dass bei Harriman alle von *Alter Ego* ganz begeistert seien. Die PR-Abteilung schlachte die Angelegenheit mit dem Nationalpreis optimal aus, indem sie das Gerücht der unlauteren Stimmabgabe in Umlauf setze, was den Verkauf in die Höhe katapultiere. »Die Leute sind ganz verrückt nach schönen Menschen, denen Unrecht geschehen ist, und tun, was sie können, um sie zu trösten«, sagte er und lehnte sich selbstgefällig zurück. Die Filmrechte seien bereits versteigert worden, Übersetzungen in über zwanzig Sprachen befänden sich in Vorbereitung. Nolan käme den Einladungen zu Lesungen, Vorträgen, Signierstunden und philanthropischen Veranstaltungen nicht mehr hinterher. Deshalb brauche man mich. Bei einem solchen Terminkalender würde sich die Fertigstellung seines neuen Romans sicherlich verzögern, so dass man wünsche, dass ich die Lücke stopfe.

Ich sagte sofort zu. Es kam mir gar nicht in den Sinn, dass es auch anders hätte laufen können. Ich war von dem neuen Plan so eingenommen, dass ich gar keine Zeit hatte, über irgendetwas anderes nachzudenken. Ich brauchte eine Woche, um mich von den alten Ideen zu trennen, und etwa einen Monat, um das Projekt auszutüfteln, das Nolan den Nationalpreis einbringen sollte.

In *Alter Ego* vertuscht der Held, der bei einer Reederei eine Schlüsselposition besetzt, einen Betrug, der ihm gewaltige wirtschaftliche Vorteile verschafft. Er mischt sich selbst in keiner Weise ein, ist jedoch über alle Details genau informiert. Eigentlich hat er keine finanziellen

Probleme. Sehr schnell entdeckt er, dass es das Risiko ist, das für ihn den Reiz an der Angelegenheit ausmacht, seit er sich zum ersten Mal mit ihr konfrontiert sah. Dabei ist völlig ohne Bedeutung, ob das Ganze auffliegt, da er selbst dann persönlich nichts befürchten muss. Einerseits hätte er von den Geschehnissen am liebsten keine Ahnung und möchte sein Leben weiterführen, als wäre er nicht betroffen. Andererseits kann er nicht vergessen, dass er seine Einwilligung gegeben hat. Ihm wird klar, dass ein Teil von ihm auf den Erfolg des Planes brennt. Erschreckt entdeckt er die dunklen Seiten seines Selbst. Er verfolgt mit geschärften Sinnen die verschiedenen Stadien des komplizierten Planes, begeistert sich, wenn alles reibungslos verläuft, und steht vor dem Zusammenbruch, wenn das Ziel gefährdet scheint. Als der Plan gelingt, wird ihm bewusst, dass er sich total verändert hat. Der besonnene, gebildete, gelegentlich schüchterne Mensch, der er einmal war, hat einem habgierigen und zynischen Wesen Platz gemacht, das davon überzeugt ist, dass ihm die Welt gehört.

Derselbe Mann ist auch der Held von *Gloria*, dem zweiten Buch, das ich für Jimmy Nolan schrieb. Nun allerdings genügt es dem Protagonisten nicht mehr, das risikoreiche Spiel aus sicherem Abstand zu betrachten, es reicht ihm nicht mehr aus, viel Geld zu verdienen. Was der Held will, was sein Innerstes am meisten begehrt, ist Anerkennung. Der Roman setzt mit seinem Entschluss ein, Gloria zu treffen, die Frau, die laut gewisser vager Informationen, die er mühsam zusammenträgt, den Betrugsplan in *Alter Ego* entwickelt und organisiert hat. Das Vorhaben stellt sich als außerordentlich schwierig heraus. Trotz wahnwitziger Bemühungen ist das Einzige, was ihm gelingt, mit ihr über eine dritte Person Kontakt aufzunehmen. Als sein Wunsch nach einem persönlichen Treffen abgelehnt wird, da Gloria strikt die konspirativen Sicherheitsregeln einhält, schreibt er ihr einen Brief. Darin gesteht er ihr seinen brennenden Wunsch, mit ihr zusammenzuarbeiten. In ihrem Antwortschreiben fordert Gloria, dass er den Überbringer des Briefes töten, dass er also ein abscheuliches und grundloses Verbrechen begehen soll, um die Ernsthaftigkeit seiner Intentionen unter Beweis zu stellen. Der Bote ist ein neunzehnjähriges Mädchen, das ahnungslos darauf wartet, die Antwort zu übermitteln. Mein Held sieht sich vor die schwierigste Entscheidung seines Lebens gestellt. Um Zeit zu gewinnen, schützt er vor, er habe Probleme, die Erwiderung zu verfassen. Das Mädchen erklärt ihm höflich, dass es warten werde, so lange es nötig sei. Er beginnt ein Gespräch mit ihm, versucht einen Makel zu entdecken um ein Motiv, eine, wenn auch unbegründete, Rechtfertigung zu finden, jedoch vergeblich. Bis ihm der Gedanke kommt, das Mädchen müsse lügen, weil es ein solch perfektes Wesen in Wirklichkeit nicht geben könne und nur die Phantasie eines satanischen Gehirns im Stande sei, es zu erschaffen. Fasziniert von der Perfektion der Falle, die man ihm gestellt hat, beschließt er, das Mädchen zu töten, weil es gelogen hat. Seine Hoffnung, dass es danach für eine Begegnung mit Gloria keinen Hinderungsgrund mehr geben wird, erweist sich jedoch als falsch. Ihre Kommunikation vollzieht sich auch jetzt nur per Korrespondenz. Gloria verleitet ihn zu einer Reihe weiterer Verbrechen, die mein Held mit unvergleichlicher Gewissenhaftigkeit und absoluter Effizienz ausführt. Die materiellen Vorteile, die sie ihm verschaffen, lassen ihn gleichgültig. Ihm genügt es, den Nektar der Straflosigkeit und die Ambrosia seiner Allmacht zu genießen, bis ihm klar wird, dass es keinen Sinn hat, ewig auf diese Weise fortzufahren. Dieser Gedanke erschreckt ihn derart, dass er in Lethargie verfällt. Der einzige Mensch, dem er etwas über seine ausweglose Lage mitteilen kann, ist natürlich Gloria. Er spürt, dass allein sie im Stande ist, ihn zu verstehen und zu erlösen. Gloria jedoch scheint an seinen Problemen keinen Anteil zu nehmen. In ihren Briefen macht sie sich über seine Zweifel lustig und fordert ihn auf, wieder zur Besinnung zu kommen, solange noch Zeit sei. Ihre Reaktion versetzt ihn in Panik. Er wiederholt seine Bitte um ein persönliches Treffen. Er hat das Gefühl, ein Recht darauf zu haben. Er verlangt es. Als Gloria auf ihrer Weigerung beharrt, wird ihm bewusst, dass nun die größte Herausforderung auf ihn zukommt. Er ist sich so gut wie sicher, dass Gloria im Grunde genommen das Gleiche will und ihn absichtlich so weit getrieben hat. Er beschließt, ihren Erwartungen gerecht zu werden, ohne genau zu wissen, was das für Konsequenzen mit sich bringt.

Ich muss die Schilderung des Endes von *Gloria* kurz aufschieben, da die Umstände, unter denen es geschrieben wurde, meines Erachtens äußerst aufschlussreich sind. Von dem Moment an, in dem ich beginne, die Grundkonzeption des Romans zu konzipieren, ziehe ich mich vollkommen aus der Welt zurück. Zehn bis zwölf Stunden pro Tag verbringe ich in Harrimans Wolkenkratzer. Ich schreibe fieberhaft. Mein größtes Problem ist der Umfang des Romans. Ich habe mir selbst versprochen, zweihundert Seiten nicht zu überschreiten – was bei dem Material, mit dem ich es zu tun habe, außergewöhnlich schwierig ist. Ich beschließe, bevor ich mit dem Schreiben anfange die Hauptpersonen in allen Einzelheiten zu skizzieren. Ich bin sicher, dass diese Vorarbeit ungeheuer zur Ökonomie der Erzählung beitragen wird, wenn auch nicht zur Verkürzung der Schreibzeit, da sie sich als außerordentlich aufwändig herausstellt. Allein das neunzehnjährige Mädchen, das erste Opfer meines Helden, kostet mich ungefähr zwei Monate. Ich zittere bei dem Gedanken, wie viel Zeit für Glorias Porträt notwendig sein wird. Boyd macht mich in den lakonischen Mitteilungen, die er mir in regelmäßigen Abständen auf den Bildschirm meines Computers schickt, auf diesen Punkt aufmerksam. Ich sehe mich gezwungen, ihm die Gründe für meine Arbeitsweise zu erläutern, und es hat den Anschein, als verstünde er sie, denn die Mitteilungen hören auf.

Beunruhigt durch die Tatsache, dass wir uns nur noch im Morgengrauen treffen, wenn sie zurückkommt und ich mich zum Aufbruch fertig mache, weist Patty mich auf die tiefgreifenden Veränderungen in meinem Verhalten hin. Ich beschwichtige sie so entschlossen und gekonnt, dass ich selbst erstaunt bin. Ich habe es eilig, ins Büro zu kommen und meine Arbeit fortzusetzen. Das ist das Einzige, woran ich denken kann. Nichts anderes beschäftigt mich, auch nicht der Typ, von dem ich glaube, dass er mich verfolgt, wenn ich abends erschöpft ins Hotel zurückkehre. Nach acht Monaten harter Arbeit an den Personen des Romans beginne ich, die Struktur zu planen. Da sowohl die Handlung als auch die Figuren präzis in meinem Gehirn gespeichert sind, komme ich zügig voran.

Einen Monat später, als ich die Biographien meiner Helden und den detaillierten Plan des Buches ausgearbeitet habe, erlaube ich mir einen Tag Pause, bevor ich mit der Niederschrift beginne. Am Morgen bleibe ich bei Patty im Bett. Ich grübele darüber nach, dass ich sie vernachlässigt habe. Ich denke daran, dass ich sie auch weiterhin vernachlässigen muss, zumindest bis zur Fertigstellung von *Gloria*. Ich führe mir vor Augen, dass ich ohne sie nicht wäre, wo ich bin, und dass ich nie mehr die unaussprechliche Freude des schöpferischen Aktes genossen hätte. Ich erinnere mich an den hilflosen Versuch, den ich mit der *Seuche* unternommen habe, und mich ergreift eine verrückte Lust, sie noch einmal zu lesen. Während ich das Manuskript suche, stelle ich mir einen Vergleich zwischen den beiden Texten vor und muss lachen. Wenn *Gloria* ein galoppierendes Pferd ist, dann ist die *Seuche* ein krabbelndes Baby. Auch das hat seinen Charm! Schon bald gerate ich in Panik, weil keine Stelle mehr übrig bleibt, an der sich das Manuskript noch befinden könnte. Ich hole tief Atem und beginne meine Suche sehr sorgfältig noch einmal von vorn. Eine halbe Stunde später wird Patty von meinem Geschrei geweckt. Anfänglich versteht sie nicht, wovon ich rede. Nur wenig später durchsucht sie mit mir zusammen das unaufgeräumte Zimmer, schließlich sucht sie allein weiter. Wir gehen hinunter zur Rezeption und ich schnauze den Portier an, der behauptet, dass sich in seinem Hotel keine Putzfrau für Manuskripte interessiert. Mir ist der Tag verdorben. Patty schleppt mich mit Gewalt zu Eliot's Bar. Sie spendiert mir ein Bier und versucht mich mit albernen Theorien der Art »man-weiß-nie-wofür-es-gut-ist« zu trösten. Bald gibt sie auf. Sie fragt mich, wie lange ich für *Gloria* noch brauchen werde. Ich stehe wütend auf und brülle, wie sie derart ungeschickt versuchen könne, das Thema zu wechseln. Die Trucker schauen mich drohend an. Ich haue ab, bevor die Situation aus dem Ruder läuft.

Als ich am nächsten Tag ins Büro komme, spüre ich bei allen eine gewisse Nervosität. Ich kümmere mich nicht darum. Später am Tag nimmt die Spannung zu. Zum ersten Mal sind auf dem Flur Stimmen zu hören, Vorhaltungen und Entschuldigungen, Flüche und Schluchzer. Es ist unmöglich, konzentriert zu arbeiten. Ich trete auf den Flur hinaus und frage den ersten Besten, was los ist.

Ich erfahre, dass in Boyds Büro eingebrochen wurde. Mir ist nicht gleich klar, was das bedeuten könnte. Ich ziehe mich zurück, als die Spurensuche kommt, um Fingerabdrücke zu nehmen. Nach zwei Tagen gehen die Dinge wieder ihren normalen Gang. Ich stürze mich in die Arbeit. Nach einem Monat erhalte ich den ersten Kommentar von Boyd. Ein riesiges Ausrufezeichen füllt den Bildschirm meines Computers, darunter die Unterschrift des Absenders. Ich befinde mich im siebenten Himmel, habe aber keine Zeit zum Feiern. Ich beeile mich, das erste Kapitel zu beenden. An jenem Abend wird mein Verdacht, dass mich jemand beobachtet, zur Gewissheit. Es ist ein groß gewachsener Mann mit athletischer Figur, der es versteht, sein Gesicht zu verstecken. Er folgt mir bis zum Eingang des Hotels. Ich erwähne das gegenüber dem Portier und höre ihn erstaunt sagen, dass vor kurzem jemand Auskünfte über meine Person erbeten hat. Ich gerate außer mich und schnauze ihn an, weil er mich nicht informiert hat, aber er zeigt sich ungerührt. Er beginnt eine Tirade, dass bei dem Gehalt, das er bekomme, und dem Abschaum, mit dem er es zu tun habe und so weiter und so weiter. Nachts finde ich keinen Schlaf. Mich quält der Gedanke, dass meine Verfolgung sehr wahrscheinlich mit dem Einbruch in Boyds Büro zusammenhängt. Ich überlege, ob ich mit ihm darüber sprechen soll und welche Folgen das für meine Arbeit haben kann. Ich bereue bitterlich, dass ich nicht aufmerksamer gewesen bin und wegen der Konzentration auf meinen Roman die Anzeichen einer Situation ignoriert habe, die seine Fertigstellung vereiteln könnte. Laut fluche ich auf Boyd und Harriman, weil sie keine Vorsichtsmaßnahmen ergriffen haben. Von Panik ergriffen gehe ich schließlich hinunter zur Rezeption und rufe mitten in der Nacht Boyd an.

Wir treffen uns im Coffee Net. Boyd hört mir aufmerksam zu. Er besänftigt mich. Die Angelegenheit werde mit Diskretion überprüft – der Sicherheitschef von Harriman habe persönlich die Klärung des Einbruchs übernommen. Er verspricht mir, dass er selbst dafür sorgen werde, dass nichts schief gehe. Das liege in unser aller Interesse. Es gelingt ihm, mich einigermaßen zu beruhigen. Sein Gesichtsausdruck ändert sich, er lächelt und beginnt von *Gloria* zu reden. Er ist begeistert und gebraucht vollmundig die wohltönendsten Adjektive, etwas, das überhaupt nicht zu ihm passt. Seine blasierte Miene hat er abgelegt. Er wirkt wie ein Verliebter. Ich lasse mir schmeicheln und gehe direkt ins Büro.

Einen langen Zeitraum arbeite ich, ohne abgelenkt zu werden. Von Zeit zu Zeit packt mich eine blinde Angst, dass mein Werk, das wichtigste, das ich bislang geschrieben habe, in Gefahr sein könnte. Boyd informiert mich nicht über die Entwicklungen – wenn es denn welche gibt. *Gloria* zieht mich schnell wieder in ihr dunkles Netz. Die

Tage vergehen wie im Flug. Die Nächte sind quälend. Oft erwache ich, ehe Patty zurück ist, und gehe noch vor Morgengrauen in mein Büro. Ich dope mich mit Kannen von Jamaica Blue. Der Angestellte im Coffee Net muss annehmen, dass er es mit einem Millionär zu tun hat, der an Schlaflosigkeit leidet. *Gloria* schreitet voran, und je weiter ich komme, desto mehr wird der Roman meinen Erwartungen gerecht. Niemals zuvor war ich so voller Einfälle und zugleich so sparsam im Gebrauch der Mittel. Jedes Kapitel ist eine kleine Heldentat, jeder Absatz ein Beweis meiner Erfindungsgabe. Die Adaptionen literarischer Gattungen sind graziös miteinander verbunden, die literarischen Anleihen habe ich mit Sorgfalt versteckt – für alle, die den Mut und das Rüstzeug haben, sie zu suchen. Meine Personen treiben die Handlung ungeduldig ihrem Höhepunkt entgegen. Aber ich halte die Zügel mit fester Hand und erlaube ihnen nicht, mich mitzureißen. Zu diesem Zeitpunkt ist größte Vorsicht vonnöten. Ich befinde mich einen Schritt vor der Zielgeraden. Mein Held muss erkennen, dass er sich in einer Sackgasse befindet. Er muss endlich Gloria treffen.

Das entsprechende Kapitel ist ein Monolog im Delirium, eine Mischung aus Faulkner und Joyce. Ich arbeite drei volle Tage und Nächte daran. Wenn ich erschöpft bin, genehmige ich mir einen kurzen Schlaf in meinem Sessel. Danach bestelle ich einen Kaffee und mache weiter. Essen lässt mich völlig gleichgültig. Mein Atem stinkt. Ich sehe es am Gesichtsausdruck des Sicherheitsbeamten, der auf ein Schwätzchen zu mir kommt, um sich zu überzeugen, dass ich in den drei Tagen und Nächten, die ich schon eingeschlossen bin, nichts Verdächtiges geplant habe. Selbst der distanzierte Aquiles Domingo hält es nicht aus. Am dritten Morgen steckt er seinen Kopf in mein Büro und stellt erstaunt fest, dass ich noch lebe. »Wie läuft's?«, fragt er und verschwindet, als ich mich mit dem Ausdruck eines Wahnsinnigen im Gesicht umdrehe, ohne eine Antwort abzuwarten. Ich höre, wie er auf dem Flur mit Olena tuschelt. Kurz vor Mitternacht schließe ich das Kapitel ab. Ich bin ein Wrack. Ich bin überglücklich. Ich schlurfe zum Aufzug. Boyd kommt angerannt, um mich nicht zu verpassen. Er sagt nichts, er nickt lediglich mit dem Kopf. Er sieht übernächtigt aus, müde. Mir wird klar, dass er alles gelesen hat. Als sich die Tür des Aufzugs schließt, lächele ich ihm zu. Gemeinsam treten wir hinaus in die kalte Luft. Mit einem Klaps auf die Schulter wünscht er mir Gute Nacht. Wie ein Schlafwandler schlage ich den Weg zum Hotel ein. Ich bemerke ihn erst, als er neben mir ist, und schrecke zusammen, als wäre ich aus einem Albtraum erwacht. Ich brauche eine gewisse Zeit, ehe ich ihn erkenne.

Jimmy Nolan trägt einen Bart, der einige Wochen alt ist. Seine Haare sind gewachsen, seine Kleider schmutzig und zerknittert. Seine Hände stecken in den Taschen seines Trenchcoats, der sich in Brusthöhe bauscht. Ich frage mich, ob er irgendeine Waffe darunter verbirgt.

»Sag mir, wie es zu Ende geht!«, befiehlt er, aber seine Stimme verrät ihn. Der harsche Ton ist aufgesetzt.

Es dauert, bis mir klar wird, wonach er fragt.

»Ich will es wissen!«, unternimmt er einen zweiten Versuch und bricht zusammen. Er fängt an zu heulen, dass er ein Recht habe, es zu erfahren, dass Harriman ein Gauner sei und »Boyd, diese Schlange« ihm sogar den Zutritt zum Verlag verboten habe und ihn im Dunklen lasse. Ich kann ein Lächeln nicht unterdrücken. Er war es. Er hat mich verfolgt und nach mir gefragt. Er ist in Boyds Büro eingebrochen. Er ist völlig aufgelöst. Er hat begriffen. Der Schlag war für ihn schwerer – und er sensibler, als ich erwartet hatte. Ich bemühe mich, in der Dunkelheit sein Gesicht besser zu erkennen. So gut sieht er gar nicht aus.

»Und du bist auch nicht besser!«, schreit er. »Du spielst das folgsame Hündchen, das losrennt, um den Stock zu holen …«

Kaltblütig weise ich ihn darauf hin, dass seine Vergleiche ziemlich abgegriffen sind. Er zieht eine Grimasse. Seine Lippen zittern. Er öffnet seinen Trenchcoat, und bevor ich reagieren kann, schmeißt er mir das Manuskript der *Seuche* an den Kopf. »Du hast auch nichts Besseres zu Stande gebracht«, brüllt er.

Beherrscht bücke ich mich und sammle das ramponierte Manuskript vom Gehweg. Ich streiche die geknickten Ecken der ersten Seite glatt und schaue ihm in die Augen. »Das habe ich geschrieben, um bei einer Frau Eindruck zu schinden«, sage ich und traue meinen Ohren nicht.

»Ein toller Eindruck!«, wiehert er.

»Mit *Gloria* aber werde ich den Nationalpreis gewinnen«, versetze ich ihm den tödlichen Stoß.

»Nichts wirst du kriegen! Überhaupt nichts! Ich werde das nicht zulassen! Gar nichts werde ich zulassen!«, brüllt er, dreht sich um die eigene Achse und taucht im Dunkel unter.

In jener Nacht habe ich wie ein Engel geschlafen – und ich mache mir nicht einmal die Mühe, nach einem besseren Vergleich zu suchen.

20

Patty verschwand einen Monat, bevor ich *Gloria* beendete. Es waren bereits erste Symptome der Krankheit aufgetreten, aber ich ignorierte sie beharrlich, da ich mich am Beginn des letzten Kapitels befand, jener kritischen Stelle, an der Gloria beschrieben wird, als mein Held sie endlich trifft.

Im Morgengrauen des 15. April kam Patty wie jeden Morgen zurück, zeigte aber eine Energie und Nervosität, die ich nicht zu deuten wusste. Wir liebten uns, ohne dass ich große Lust darauf hatte, weil sie es sehr zu wollen schien. Ein, zwei Mal kam mir ihr Stöhnen wie ein Schluchzen vor, aber ich schenkte dem damals keine weitere Beachtung. Als Patty ins Bad ging, legte ich das Geld auf den Nachttisch und verschwand ungewaschen, weil ich mich verspätet hatte.

Als ich abends zurückkam, lag das Geld noch an seinem Platz. Darunter fand ich einen Zettel, auf dem Patty in wenigen Worten erläuterte, dass der Betrag der Ausgleich für das Manuskript der *Seuche* sei. Sie habe beschlossen, es mitzunehmen – als einziges Stück, das sie von mir haben wollte. Das Zimmer war traurig in seiner Leere. Wie ein Idiot stand ich in seiner Mitte, hielt den Zettel und das Geld in der Hand und schaute auf die Umrisse der Zeichnungen und Fotografien an den nackten Wänden und auf die Löcher, die von den Reißzwecken geblieben waren – der Abdruck von Pattys Träumen. Sie war gegangen, um sie zu realisieren.

Ich hatte ihren Geburtstag vergessen, wie ich auch vergessen hatte, was dieser Geburtstag bedeutete. Ich hatte die Frage ignoriert, die sie mir in letzter Zeit mit immer größerer Dringlichkeit gestellt hatte: Wie viel Zeit ich noch bräuchte, um *Gloria* abzuschließen. Gleichwohl verstand ich nicht, wie sie ohne die geringste Ankündigung weggehen konnte, wie es möglich war, dass sie nicht auf mich wartete – welche Bedeutung hatte nach vollen fünfunddreißig Jahren schon ein Monat?

Ich war wütend auf sie, denn ich war nicht bereit zuzugeben, dass ich, wenn die Dinge anders gekommen wären, wenn man mich gebeten hätte, weiterhin für Nolan zu schreiben, bei Harriman geblieben wäre, angekettet an meine eigene Gloria. Ich war wütend auf sie und unternahm nicht den geringsten Versuch, sie zu suchen und sie von ihrem Plan abzubringen. Aus Rache riss ich den Zettel und die Geldscheine in kleine Stücke und verstreute anschließend die Erinnerung an sie im leeren Zimmer wie Konfetti.

An jenem Abend schlief ich nicht im Hotel. Ich ging ins Büro zurück und machte mich wieder an die Arbeit. Etwa einen Monat später verließ ich das Harriman Building, nachdem mein Held Gloria endlich getroffen und begriffen hat, dass er sich in einer Sackgasse befindet. Er tötet sie, um nicht selbst zu ihrem Opfer zu werden, und stellt sich danach, weil sein Triumph, der gleichzeitig seinen Untergang bedeutet, nur so Anerkennung finden kann. Auf dem Weg zum Hotel sah ich das Gesicht von Boyd vor mir, der mich stumm und mit Tränen in den Augen zum Aufzug begleitet hatte. Ich schlief zehn Tage beinahe ununterbrochen. Ich erwachte nur, um zur Toilette zu gehen und irgendetwas zu essen. Zehn Tage lang. Danach stand ich auf und wartete.

Durch Boyd wusste ich natürlich von dem Riesenkrach, den Nolan in Harrimans Büro veranstaltet hatte. Der Streit war mit der Zusicherung beendet worden, dass Nolan das Buch an dem Tag zu sehen bekäme, an dem ich es fertig ablieferte. Ich war jedoch unbesorgt. Wenn er auch im Fall von *Alter Ego* noch Hand angelegt haben mochte, um den Schein zu wahren, musste er schwachsinnig sein, wenn er dasselbe bei *Gloria* tat. Ich war mir sicher, dass Boyd es ihm letztendlich nicht gestatten würde. Und ich behielt Recht. Das Buch wurde so veröffentlicht, wie ich es Boyd übergeben hatte. Nicht ein Komma änderte er. Und natürlich gewann es den Nationalpreis – zum ersten Mal seit der Einführung des Zimmerman-Tests ohne Gegenstimme.

Die Kritik und das Lesepublikum nahmen es mit der verlegenen Bewunderung auf, die den Umständen angemessen war. Obwohl niemand bereit schien, sich substanziell mit dem Text zu befassen, sprachen alle vom »Phänomen Nolan«, das in der Tat unglaubliche Dimensionen anzunehmen schien, da sich Nolan selbst von jeglicher Veranstaltung fern hielt, die das Buch betraf. Ich weiß nicht, ob das sein eigener Wunsch war oder ein weiterer Trick der PR-Abteilung, jedenfalls lief alles wie geschmiert.

Ich selbst fühlte mich paradoxerweise leer – und ich denke, dass sich das in gewisser Weise auch in der summarischen Art niederschlägt, in der ich gerade meinen Triumph beschrieben habe. Ich fühlte mich, als habe man auch das letzte Tröpfchen Vitalität aus mir herausgepresst. Vielleicht lag das daran, dass sich mein schöpferisches Potenzial nach fast zwanzigjähriger Enthaltsamkeit in *Alter Ego* und *Gloria* entladen hatte. Vielleicht lag es an der Krankheit, die ich weiterhin beharrlich ignorierte. Vielleicht lag es aber auch an dem Gefühl, dass ich mich nach diesem Werk schwerlich noch selbst zu übertreffen vermochte.

Allerdings kann ich nicht verhehlen, dass ich bereits angefangen hatte, über eine Fortsetzung nachzudenken. Ruhig, ohne Hast, wie ein Mann, der seine Pflicht erfüllt oder, wenn Sie so wollen, Rache genommen hat, ließ ich meine Gedanken zu Personen und Geschichten schweifen, die den Stoff für mein nächstes Buch abgeben könnten. Genau in diesen Worten dachte ich daran: mein nächstes Buch.

Nolan stand nicht mehr im Wege, er war ausgeschaltet. Dass alle über ihn redeten, bewies jenseits allen Zweifels, dass der Kernpunkt der Sache woanders zu suchen war – wie als wenn im Kino ein Hollywood-Star irgendeine historische Figur spielt und die Leute beim Verlassen des Saales über seine letzte Eroberung oder seinen kürzlichen Streit mit den Fotoreportern diskutieren und nicht über das Leben des Menschen, den er im Film verkörpert. Nolan spielte die Rolle, die ich für ihn schrieb, und er würde es auch weiterhin tun, denn mittlerweile war ich sicher, dass all das Gerede vom angeblich vollen Programm, das ihn am Schreiben hindere, nichts weiter als ein Vorwand war.

Deswegen war ich keineswegs überrascht, als Boyd mich zu sprechen wünschte. Vielleicht spürte ich ein Unbehagen, weil ich es nicht so früh erwartet hatte – gerade mal vier Monate waren seit dem Erscheinen von *Gloria* vergangen. Wir trafen uns im Coffee Net und ich brauchte eine gewisse Zeit, um zu realisieren, dass es der gewöhnlich viel beschäftigte Boyd absolut nicht eilig hatte, zum Thema zu kommen. Im Gegenteil, er wirkte so, als könne er den ganzen Vormittag über die Kriegsschauplätze der Welt, die Bewegungen an der Börse oder ein x-beliebiges gefährdetes Ökosystem irgendwo am Mittelmeer reden.

Ich genoss meinen Kaffee, hörte ihm zu, ohne viel zu sagen, da ich keine Ahnung von den Themen hatte, die er anschnitt, und blickte häufig aus dem Fenster hinaus auf den dichten Verkehr der Victory Avenue, bis mir bewusst wurde, dass sein Geschwätz zu lange dauerte und das dies irgendetwas zu bedeuten hatte.

»Warum hast du mich herbestellt?«, unterbrach ich ihn mitten im Satz.

Er senkte den Kopf und blieb eine Weile so sitzen. Dann sah er sich um und bestellte noch einen Kaffee. Ich drängte ihn nicht, wiederholte auch meine Frage nicht. Vielleicht weil ich Angst bekommen hatte, ohne dass ich sagen konnte, wovor.

»Ich hab dich hergebeten, um dir deine Abfindung auszuhändigen. Es tut mir Leid«, sagte er.

Ich hätte damit rechnen müssen. Ich hätte mir denken können, dass Nolan am Ende den Sieg davontragen würde, so wie es bei Filmstars immer geschieht. Meine Gloria ließ mir keinen Spielraum. Sie vernichtete mich. Sie verurteilte mich zu ewigem Vergessen, ohne auch nur zu zögern. Darauf hatten sich Nolan und Harriman in Gegenwart von Boyd bei dem großen Streit geeinigt, von dem also vermutlich nicht alle Einzelheiten bis zu mir gedrungen waren. Nolan hatte meine Entlassung gefordert und gedroht, nichts mehr zu schreiben und alles aufzudecken. Angesichts von Nolans labilem Zustand hatte Harriman befürchtet, dass die Sache einen unangenehmen Ausgang nehmen könnte, und es vorgezogen, klein beizugeben. Die Einigung lautete, dass *Gloria* veröffentlicht und die »Zusammenarbeit« anschließend »beendet« wurde.

Harriman war alles andere als ein Dummkopf. Er wusste genau, dass meine beiden Bücher Nolan dazu verholfen hatten, sich für immer aus dem Sumpf von Gleichmacherei herauszuheben, in dem der Zimmerman-Test die *Bestätigten* hatte versinken lassen. Dank meiner Anstrengungen war es Nolan gelungen, großes Aufsehen zu erregen – und das auf so spektakuläre Weise, dass es sich so schnell nicht wieder legen würde. Harriman zog es vor, auf den neunundzwanzigjährigen schönen Nolan zu setzen, der noch einiges im Gepäck hatte, als auf eine ausgelaugte, störrische Randexistenz, die vermutlich ihr Bestes bereits gegeben hatte. In einer Welt, in der Zweifel keinen Platz mehr hatten und Überraschungen gesetzlich verboten waren, hatte ich meine Pflicht getan – um nicht zu sagen übererfüllt, und nun war es an der Zeit abzutreten, ohne Aufsehen zu erregen. Was das anbelangte, war Harriman nun wirklich absolut nicht beunruhigt.

Boyd hatte sich im Rahmen des Möglichen für mich eingesetzt. Er brauchte es mir nicht eigens zu sagen. Nachdem die Quittung über die Aushändigung der Abfindungssumme unterschrieben war, versuchte er sich zu rechtfertigen. Ich stoppte ihn. Wir erhoben uns und er gab mir zu verstehen, dass ich der Erste sei, der Bescheid bekäme, wenn in seiner Abteilung eine Stelle frei würde. Ich äußerte mich nicht dazu, aber er verstand, dass ich kein Interesse hatte. An der Tür überwand er ein letztes Zögern und sagte, dass ich mich ja immer noch testen lassen könne. Ich verabschiedete ihn mit einem Lächeln und einem Streicheln an seinem Oberarm. Es war das letzte Mal, dass ich ihn sah.

21

Ich blieb noch ungefähr ein Jahr in der Stadt. Unsichtbar. Ein Gespenst, das nicht merkt, dass es eigentlich nicht mehr existiert. Ich schlief nicht gut, der Schlaf behielt mich nur wenige Stunden ohne Unterbrechung, und ich schlug die Zeit mit langen, ziellosen Spaziergängen tot. Schon bald begann ich die belebten zentralen Straßen zu meiden, um dem Buchtitel *Gloria* zu entkommen, der in den Schaufenstern lauerte. Immer öfter flüchtete ich auf das Westufer, jenseits des Bereiches von Nolan, wo die Menschen einfach weiterlebten, unbeeindruckt davon, wer den Nationalpreis gewonnen hatte.

Aber selbst hier fand ich keinen Trost. Ich zögerte lediglich den Moment hinaus, an dem ich zugeben musste, dass ich eine Art lebender Leichnam war, ein unentschlossenes Wesen, das nicht wusste, ob es leben oder sterben sollte. Jetzt, im Nachhinein, sehe ich, dass die Würfel längst gefallen waren.

Ein, zwei Mal erwischte ich mich bei dem Gedanken, dass ich mit Patty zusammen hätte weggehen sollen. Wir beide hätten dann irgendwo auf dem Land gelebt, weitab von der Welt. Patty würde das Haus bauen, ihr Haus, und sich mit ihrem Garten beschäftigen, dem vollkommenen Garten, und ich – nur für sie – den vollkommenen Roman schreiben und ihn ihr an vollkommenen Sommerabenden auf der Veranda vorlesen, während sie, ausgestreckt auf einem hölzernen Schaukelstuhl, eisgekühlte Limonade tränke. Solche lächerlichen Gedanken hatte ich.

Und danach musste ich daran denken, dass der Fehler schon sehr viel früher passiert war, und dass ich Sarah nicht hätte aus meinem Leben gehen lassen sollen, denn das Leben der Menschen ist wie eines dieser alten Steinhäuser, bei denen es manchmal ausreicht, einen einzigen Eckstein herauszuziehen, damit das ganze Gebäude bei der ersten kräftigen Erschütterung einstürzt.

Mein Leben war voller solcher Löcher. In meinem Steinhaus zog es von allen Seiten. Ich war allein und einsturzgefährdet und hatte nichts Besseres zu tun, als auf den bevorstehenden Zusammenbruch zu warten.

Im Laufe jenes Jahres wurden die Symptome der Krankheit stärker. Ich ignorierte sie jedoch weiterhin. Ich war überzeugt davon, dass sie die gerechte Strafe für ein Leben waren, das ich auf jede erdenkliche Weise vermasselt hatte, ein Leben, das ich zu leben versäumt hatte. Als ich für mich beschloss, dass es zu Ende ginge und nicht einmal mehr Zeit wäre, um mich auf der Suche nach Trost – sagen wir – der Religion zuzuwenden, entdeckte ich das Bedürfnis nach Vergebung.

Es kostete mich keinerlei Mühe, Sarahs Adresse ausfindig zu machen. Sie wohnte in einer der riesigen Villen in Boyds Gegend. Sie war ziemlich rundlich geworden, hatte drei Kinder und zwei Hunde, aber nicht mehr die Narbe über ihrem Knie. Ihr Mann, ein berühmter Psychiater, zu dem sie nach unserer Trennung gegangen war, hatte ihr zu einem plastischen Eingriff geraten. Offensichtlich hatte sie ihm von unserer Begegnung und der zweiten Erzählung berichtet, und ihm war es gelungen, sie zu überreden, die Spuren der traumatischen Erinnerung entfernen zu lassen.

Ich bat sie für alles um Vergebung. Sie insistierte, dass es dafür keinen Anlass gäbe, und versuchte das Thema zu wechseln. Sie wollte etwas über mich, über mein Leben erfahren. Ich sagte ihr nichts, auch nicht über meine Krankheit – ein Husten konnte ich unterdrücken, bevor es mich verriet. Ich wollte nicht ihr Mitleid, nur ihr Verzeihen, und Sarah machte es mir – wie immer – nicht schwer. Sie lud mich zum Abendessen ein, und ich versprach, an einem Abend der folgenden Woche zu kommen.

Vielleicht wäre ich sogar hingegangen, und sei es nur, um ihre Kinder kennen zu lernen, wenn ich nicht befürchtet hätte, dass die Dinge bei Patty sehr viel komplizierter lagen, und meine Zeit war knapp. Ich machte ihren Investmentberater ausfindig und über ihn den Anwalt, der ihre Angelegenheiten wahrnahm. Er hatte ausdrückliche Anweisung, niemandem etwas mitzuteilen. Patty hatte hinter sich eine Mauer errichtet, um jeden Kontakt zu ihrem früheren Leben zu unterbinden. Ich musste mich sehr ins Zeug legen und bat den lieben Gott, mir jenen Husten zu schicken, den ich vor Sarah verheimlicht hatte, um überzeugend den Todkranken zu spielen. Nach allerlei Theater gab mir der Anwalt eine Adresse in irgendeiner französischen Provinz, vermutlich – wie sich später herausstellte – um mich loszuwerden.

Das Landgut war relativ leicht zu finden. Vom Eingang am Fuß des Hügels aus konnte ich erkennen, was von Pattys vollkommenem Haus nach dem Brand übrig geblieben war. Die freundliche Frau, die mich hingeführt hatte – ihr gehörte die Bäckerei im nahe gelegenen Weiler –, weinte fast, als sie mir die Katastrophe beschrieb. Sie hatte Patricia bei sich aufgenommen, bis die Untersuchungen der Brandstiftung abgeschlossen waren. Obwohl alle im Dorf wussten, wer der Täter sein musste – ein eigenbrötlerischer, fremdenfeindlicher Bauer mit dem bezeichnenden Spitznamen

»Der Verfluchte« –, kam letztendlich bei den Ermittlungen nichts heraus, und Patricia reiste ab. Beinahe wäre auch ich selbst über einem Blech mit duftenden Croissants in Tränen ausgebrochen – nicht so sehr wegen des Hauses oder wegen Patty, sondern weil ich unwillkürlich das Bild vor Augen hatte, wie das Manuskript der *Seuche* ein Raub der Flammen wird. Die Frau wischte sich die Hände ab und holte mir die Karte, die drei Monate später aus London gekommen war. Sie hatte keine Ahnung, ob Patricia noch dort lebte oder nur auf der Durchreise gewesen war.

In London nahm ich die Hilfe eines Profis in Anspruch, da ich spürte, dass meine Kräfte mich verließen. Er schien nicht von großem Nutzen zu sein, obwohl ich ihm allein dafür, dass er die Listen der Fluggesellschaften, Hotels und Makler überprüfte, ein Vermögen bezahlte. Er entdeckte eine Patricia, die keine Britin war und in dem Zeitraum, aus dem die Karte stammte, im Savoy gewohnt hatte, und noch eine andere, die zur selben Zeit eine riesige Wohnung in Chelsea gekauft hatte, aber keine von beiden war Patty. Die Erste war verheiratet und hatte Kinder und die Zweite hatte ihren ständigen Wohnsitz sowohl vor als auch nach dem Kauf auf Zypern.

Die Zeit raubenden Recherchen zwangen mich, ziemlich lange in London zu bleiben, aber ich hatte ohnehin nichts Besseres zu tun. Je mehr Zeit ergebnislos verstrich, desto stärker zweifelte ich daran, dass ich irgendeine Spur von Patty finden würde. Dennoch bezahlte ich den Detektiv weiterhin. Zum einen stellte Geld dank Pattys Investitionen und den dreißig Silberlingen aus der Abfindung kein Problem dar, zum anderen war die Suche meine letzte Rechtfertigung weiterzuleben.

Allmählich begann ich mich mit dem Bild anzufreunden, das die anderen von mir hatten: das eines eigenbrötlerischen Pensionärs, der aus irgendeinem Grund beschlossen hat, im feuchten London zu sterben. Und ich benahm mich dementsprechend. Ich mietete in einem alten Hotel in Bayswater ein Zimmer, das zum Park hinausging. Die Aussicht erinnerte mich an mein Arbeitszimmer, von dem der Blick auf den Park of the Nations gefallen war. Ich schlief sehr wenig, wie das Leben es nicht ohne eine kräftige Dosis Sarkasmus den Pensionären auferlegt: Ein Überfluss an Zeit, wenn man sie am wenigsten braucht! Morgens schlenderte ich durch den Park und ging häufig bis zum Fluss und von dort ins Stadtzentrum, wo ich zu Mittag aß. Ich fuhr mit dem Bus zurück – niemals mit der U-Bahn. Ich las ohne jegliches Interesse die Zeitungen – die Bücherbeilage schmiss ich weg, ohne sie auch nur zu öffnen. Ich hätte es nicht ertragen zu erfahren, in welche Höhen die Verkaufszahlen von *Gloria* und *Alter Ego* gestiegen waren. Am späten Nachmittag versteckte ich mich in irgendeinem Kino oder hörte Musik. Als ich schließlich den Eindruck gewann, dass dieses langsame Martyrium sich noch ewig fortsetzten konnte, suchte ich zum ersten Mal einen Arzt auf. Wäre er nicht Engländer gewesen, er wäre angesichts meiner Befunde und der Tatsache, dass ich ihm lebend zulächelte, vom Stuhl gekippt. Er empfahl mir, sofort eine Klinik aufzusuchen, und war bereit, persönlich meine Einweisung in die Wege zu leiten. Ich lehnte höflich ab und bat ihn, mir lediglich zu bestätigen, dass die Situation ernst war. Wie ernst sie war, sollte sich bald herausstellen.

Der Mann, der mich letztendlich ins Krankenhaus begleitete, war mir nicht unbekannt. Während meiner morgendlichen Spaziergänge hatte ich ihn häufig im Park gesehen. Er führte seine Labradors aus, und ein, zwei Mal, als wir aufeinander trafen, lächelte er mir zu. Ich gestehe, dass ich ihn falsch eingeschätzt hatte. Er musste ein wenig jünger sein als ich, war gut gekleidet und hatte ein freundliches Gesicht. In letzter Zeit war es mir vorgekommen, als sei es kein Zufall, dass wir immer öfter zusammentrafen. Meine Vermutung bestätigte sich ein paar Tage vor meiner übereilten Einweisung ins Krankenhaus. Während meines Spaziergangs packte mich unerwartet ein Hustenanfall, der mir für mehr als fünf Minuten buchstäblich den Atem nahm. Er stand plötzlich wie aus dem Nichts neben mir, als sei er mir unsichtbar gefolgt, beugte sich mit echter Sorge über mich und sprach mich mit meinem Namen an!

Nur mit Mühe gelang es mir, ihn zu überzeugen, dass es mir gut ging, und ihn zu fragen, woher er mich kannte. Er lud mich auf einen Tee in seine Wohnung ein, die sich einige Straßen hinter meinem Hotel in einem uralten Gebäude befand. Die zwei schwarzen Hunde wiesen uns den Weg und gaben das Tempo vor, und so langten wir in weniger als zehn Minuten dort an. Da ich außer Atem war, wechselten wir unterwegs kaum ein Wort. Sein Zuhause war ein aufgeräumtes Dreizimmerapartment, das sich über zwei Ebenen erstreckte: Auf der einen befanden sich living room und Küche, auf der anderen die Schlafzimmer. Ich ließ mich in einen Sessel fallen und die Labradors streckten sich zu meinen Füßen aus. Die gesamte gegenüberliegende Wand war von einem riesigen Bücherregal bedeckt. Ich erwähne das, weil der Anblick der Bibliothek seinen nächsten Satz weniger absurd erscheinen ließ: »Sie haben doch den *Strudel* geschrieben, oder?«

Die Teetasse verbrannte mir die Finger, und ich suchte nach einem Platz, um sie abzusetzen. Ich stellte sie schließlich auf ein Tischchen, das mit Zeitschriften überhäuft war, während er zum Bücherregal ging und ohne lange zu suchen ein in Karton gebundenes Exemplar des *Blauen Fahrrads* herauszog, das er mir stolz präsentierte. Mein großformatiges Foto auf der Rückseite des Umschlags erklärte einiges, aber nicht alles. Das Buch war angenehm abgegriffen, so als habe jemand häufiger darin gelesen. Ich berührte es und meine Hände zitterten. Er muss es gemerkt haben, auch wenn er keinen Kommentar abgab.

»Den *Strudel* habe ich einer guten Freundin geschenkt. Wie sehr ich auch gesucht habe, es war unmöglich, das Buch wieder zu finden«, erklärte er entschuldigend.

Ich murmelte gleichfalls entschuldigend, dass das Buch schon vor Jahren aus dem Verkehr gezogen und eingestampft worden sei, und er schüttelte erstaunt den Kopf.

»Ich verstehe das nicht«, meinte er schließlich sanft. »Jahrelang habe ich auf das nächste Buch gewartet, aber ...«

Ich blickte ihm in die Augen und fragte nach seinem Namen.

»Ian. Ian McDougal«, sagte er mit einer gewissen Begeisterung und fügte hinzu, dass er Schotte sei.

Gerührt drückte ich seine Hand.

»Ich habe danach nichts mehr geschrieben«, erwiderte ich schließlich, um mich gleich darauf zu korrigieren: »Oder besser gesagt ...« Er ließ mich den Satz nicht beenden.

»Wieso?«, fragte er voller Erstaunen. Er hielt noch immer meine Hand.

»Weil ich mich geweigert habe, den Test zu machen!«, sagte ich, und dann versagte mir die Stimme.

Abrupt zog er seine Hand zurück, als habe er einen elektrischen Schlag erhalten. Er schwankte, so dass ich für einen Moment annahm, er würde das Gleichgewicht verlieren, und ließ sich dann in den Sessel gegenüber fallen.

»Wieso?«, murmelte er ohne mich anzuschauen.

»Aber wieso nur?«, wiederholte er und fügte mit brennendem Blick hinzu: »Was hatten Sie denn zu befürchten?«

Ich setzte zu sprechen an – was sollte ich sagen? –, und meine Stimme erstickte in einem Hustenanfall. Wie gejagt verließ ich seine Wohnung. Die beiden folgenden Tage verbrachte ich eingeschlossen in meinem Zimmer. Ich hatte hohes Fieber und wurde unablässig von Hustenanfällen gequält. Am dritten Tag erschien er an der Rezeption und fragte nach mir, weil er mir nicht im Park begegnet war. Als er erfuhr, dass man mich seit zwei Tagen nicht gesehen hatte, veranlasste er den Portier, die Tür zu öffnen, und als hätte ich ihn erwartet, als hätte ich gewusst, dass er kommen würde, brach ich genau in diesem Augenblick vor seinen Füßen zusammen.

Ohne ihn hätte ich es nicht bis hierher geschafft. Ich wäre hilflos in meinem Hotelzimmer gestorben, auch wenn das vielleicht für alle das Beste gewesen wäre. Die Lektion hätte ich verdient. Was er tat, war mehr, als jemand verlangen kann, der glaubt, sich mit seinem Ende angefreundet und dieses wie das letzte Kapitel eines Romans vorbereitet zu haben, ohne sich klarzumachen, dass nicht er es ist, der den Roman seines Lebens schreibt.

Erst als ich vor ihm umkippte, Herr Doktor, wurde mir bewusst, wie das Ende wirklich aussah. Während jener halben Stunde, in der mich der Krankenwagen in die Klinik transportierte, lernte ich alles über die Angst. Das und seine Frage, die mir an meinen zwei letzten Tagen im Hotel unbarmherzig Gesellschaft geleistet hatte, mögen meine törichte Rückschau rechtfertigen, und auch die lächerlichste Bitte, die jemals auf der Intensivstation eines Krankenhauses geäußert wurde. Sie stimmen mir sicher zu, vielleicht lachen Sie auch bei der Lektüre dieser Zeilen, die Ihnen das Bild eines Todgeweihten in Erinnerung rufen, der wissen wollte, für welches Leben ihn seine Gene bestimmt hatten – als habe er es nicht selbst gelebt.

Ich habe keine Angst mehr vor der Angst, Herr Doktor. Beweis dafür ist, dass ich dieses letzte Kapitel nicht weiter ausdehne. Im Übrigen wissen Sie genau, was danach kam, wie Sie auch wissen, was auf diese Zeilen folgen wird. Ich fühle mich verpflichtet, Ihnen im Voraus für alles zu danken, was Sie für mich tun werden – ich habe diesbezüglich nicht den geringsten Zweifel.

Mir bleibt nur noch, den Schlussstrich zu ziehen und geduldig auf mein Ende zu warten, das, da bin ich mir sicher, bald kommen wird. Nur noch einen Satz. Ich hätte niemals gedacht, dass dieses kleine Wörtchen – Ende – auf der letzten Seite eines meiner Romane eine solch unerträgliche Bedeutung haben könnte.

14. 04.'63

Nachwort

Lob des Zweifels

In der kleinen lichtdurchfluteten Provinz des Planeten, wo wir zufällig wohnen, erreichen uns die angenehmen und unangenehmen, die wichtigen wie unwichtigen Nachrichten selbst heute noch mit einer gewissen Verspätung, die häufig ausreicht, um sie vom Staub der Realität zu befreien und gleichsam mit einem Mantel von Mythen zu umhüllen.

Bei der Lektüre des *Porträts* fragt man sich leicht, wann all das passiert ist, und ob die Dimension, die den Ereignissen beigemessen wird, ihren tatsächlichen Ausmaßen entspricht. Selbstverständlich kennen wir den Zimmerman-Test und die Folgen, die seine Anwendung mit sich brachte. Aber bei uns existierte zum Beispiel nie ein organisierter Widerstand von der Art der Artists Anonymous. Zweifelsohne gab es Fälle von *Annullierten*, jedoch nicht so viele, dass sie eine Kategorie gebildet hätten. Sicherlich kamen auch Skandale mit gefälschten Laborbefunden vor, aber sie hatten in keinem Fall einen solchen Widerhall. Und natürlich ist das *Porträt* nach Wrights Tod zusammen mit dem Vorwort von Clause veröffentlicht worden, aber die Lawine, die das Buch anderswo auslöste, war zum Stehen gekommen, lange bevor sie unser Land erreichte. Was über die Interessengemeinschaften zwischen den Verlagen und den ihnen angeschlossenen DNA-Labore an unsere Ohren drang, war nur ein Nachhall und mutete eher wie Sciencefiction an denn wie eine wahre Begebenheit.

Ähnlich ist es auch heute, etwa dreißig Jahre nach der erstmaligen Veröffentlichung des *Porträts*. Natürlich wissen wir von der berühmten Bedingung in Clauses Testament, und sein Brief wurde auch hierzulande von den Zeitungen veröffentlicht – aber als Gerücht oder Anekdote im Feuilleton und nicht als Schlagzeile auf der Titelseite.

Der *Mitropolis*-Verlag hält angesichts der jüngsten Entwicklungen eine Neuausgabe des *Porträts* für unerlässlich, die um einen Kommentar erweitert sein soll, damit sich der Leser in Kenntnis sämtlicher Aspekte der Affäre ein eigenes Urteil über den vielleicht zweideutigsten Text des einundzwanzigsten Jahrhunderts bilden kann.

Denn Wright hat es mit dem *Porträt* – und dem Beistand von Clause – letztendlich geschafft, uns unverhofft wieder in die Epoche des fruchtbaren Zweifels und der kritischen Haltung dem Kunstwerk gegenüber zurückzuführen, die Epoche der Vergleiche und Konfrontationen. Ihm ist nicht mehr und nicht weniger gelungen, als den Zimmerman-Test außer Kraft zu setzen, der ihn selbst als Schriftsteller fast vernichtet hätte.

Wer aber war dieser James Wright, der Mann, der nach seinem Tod den größten Verlagsskandal des einundzwanzigsten Jahrhunderts auslöste, wirklich? Und welche Rolle spielte Friedrich Clause beim Ausbruch dieses Skandals? Auf diese Fragen versuchen die vorliegenden Zeilen eine Antwort zu geben, auch wenn ihr Verfasser von Anfang an klarstellen möchte, dass er hinsichtlich der zweiten Frage über keine überzeugende Antwort verfügt.

James Wright wird in der Morgenröte des einundzwanzigsten Jahrhunderts geboren – um seine eigene (*abgegriffene*, wie er sie nennt) Metapher zu benutzen. In jungen Jahren veröffentlicht er *Materialien*, eine Sammlung von neun Erzählungen, und etwas später seinen ersten Roman, den *Abgrund*. Beiden Büchern ist beträchtlicher kommerzieller und künstlerischer Erfolg beschieden. Es folgen zwei weitere Romane, der *Strudel* und *Das blaue Fahrrad*, die auf eine enttäuschende Resonanz stoßen. An diesem Punkt endet seine schriftstellerische Karriere mehr oder weniger ruhmlos, da er es beharrlich ablehnt, sich dem Zimmerman-Test zu unterziehen.

Ich habe nicht vor, hier noch einmal das Auf und Ab seines Lebens nachzuzeichnen, da er das in dem berühmten *Porträt eines Künstlers ...* selbst getan hat, einem autobiographischen Roman, der 2064, ein Jahr nach seinem Tod, herauskam. In diesem Roman (Clause hält sich mit einer genauen Bezeichnung zurück und spricht mal von *Text*, mal von *Beichte*) versucht Wright, seine unbeugsame Haltung zu erläutern, deren Folgen seine zweite Lebenshälfte überschatten, und sich selbst über die Widersprüche klar zu werden, die ihn quälen. Ihm gelingt dabei eine einzigartige Chronik der Entwicklungen, wie sie für die Literatur – und nicht nur für sie – in unserem Jahrhundert charakteristisch sind. Natürlich kann auch er den unglaublichen Umbruch nicht voraussehen, den die Veröffentlichung des *Porträts* auslösen wird.

Clause zögert zunächst – das behauptet er jedenfalls –, entspricht aber schließlich Wrights Wunsch und übergibt das Manuskript des *Porträts* zusammen mit dem Testergebnis einem Verleger. Der Befund ist positiv, die Enthüllungen im *Porträt* erschütternd und der Erfolg des Buches garantiert. Seine Veröffentlichung wirbelt einen Sturm auf. Die Massenmedien vibrieren vor Erregung.

Saul Harriman beeilt sich, alles zu dementieren, aber Jim Nolans Selbstmord im Jahre 2065 löst eine Lawine von Geständnissen aus. *Alter Ego* und *Gloria* werden aus dem Verkehr gezogen und erscheinen nach einem außergerichtlichen Vergleich zusammen mit Wrights früheren Büchern in dem Verlag, der auch das *Porträt* herausgebracht hatte. (Die Romane *Spurensuche* und *Seuche*, die Wright im *Porträt* erwähnt, wurden trotz intensiver Suche nie gefunden. Wrights Vermutung, das Manuskript der *Seuche* sei beim Brand in Pattys Haus zerstört worden, dürfte zutreffend sein, während man über die *Spurensuche* nur Vermutungen anstellen kann, da Wright selbst deren Existenz vergessen zu haben scheint.)

Gleichzeitig beginnt man aus der Überlegung heraus, dass Betrug, wenn möglich, dann auch wahrscheinlich ist, mit der Überprüfung zahlreicher Werke von *Bestätigten.* Zeugenaussagen früherer AA-Mitglieder gießen zusätzlich Öl ins Feuer. Genau zum richtigen Zeitpunkt deckt ein Journalist die Verbindung der *Chestnut Publications* mit den *Talent Laboratories* auf. Die Kritik nutzt die Situation, um Rache zu üben, nachdem man sie über Jahre kaltgestellt hatte. Die Kritiker schwingen sich zu Richtern auf. Da man das Vertrauen des Lesepublikums, das stark erschüttert ist, wiedergewinnen will, werden ihre Urteile bereitwillig akzeptiert. Nur ein Wort vermag treffend das Klima jener Zeit zu beschreiben: das Wort »Chaos« …

Wrights Bücher erleben einen beispiellosen kommerziellen Erfolg, der wie zu erwarten auch von seiner Neubewertung seitens der Kritik begleitet wird. Nicht wenige behaupten natürlich, dass die allgemein reumütige Haltung Wrights Werk gegenüber vor allem zwei Faktoren zu verdanken sei: zum einen dem Vorwort von Clause, der nachträglichen Rehabilitierung eines verkannten Schriftstellers, und zum anderen dem Selbstmord Nolans, der auf tragische Weise den riesigen Skandal bestätigt.

Wie dem auch sei, Wright gelingt es zum zweiten Mal, sich aus dem Sumpf von Gleichmacherei, wie er die Verhältnisse selbst bezeichnet, zu befreien. Ein *Bestätigter* bringt es – wenn auch posthum, wie el Cid –, fertig, das über Jahrzehnte eingeschliffene System, in dem die Labortests das alles entscheidende Kriterium bilden, zu durchbrechen. Dreißig Jahre lang sucht Wrights Gespenst die weltweite Literaturproduktion heim, bis Clause – diesmal auch er posthum – mit einem mittlerweile berühmten Brief, den sein Anwalt nach der Testamentseröffnung der *Times* übergibt, auf weitaus spektakulärere Weise die Dinge erneut durcheinander wirbelt.

In diesem Brief erklärt Clause bekanntermaßen, dass es sich bei dem Testergebnis, das Wrights Schwanengesang beilag, um eine Fälschung gehandelt habe, und stellt klar, dass der Befund in Wirklichkeit negativ war. Er gibt jedoch nicht den geringsten Hinweis auf die Gründe, die ihn zu dieser Tat veranlassten.

Seitdem sind die unterschiedlichsten Theorien entwickelt worden. Einige gingen sogar so weit zu behaupten, dass es sich beim *Porträt* nicht einmal um ein Werk von Wright handele. Vielmehr habe Clause die Tatsache, dass Wright in seiner Klinik gestorben sei, benutzt, um sich einen geheimen Wunsch zu erfüllen und, gestützt auf die Geständnisse des todkranken Schriftstellers, selbst das *Porträt* verfasst. Als Beweis führen sie einige Sätze aus Clauses Vorwort an: »Da nun mal die ersten Zeilen, die jemand liest, wenn er dieses Buch zur Hand nimmt, von mir stammen ...« und »... ich habe auch keineswegs vor, einen Roman zu schreiben«. Andere halten dieser Theorie jedoch die einleuchtende Frage entgegen, warum Clause dann nicht seinen eigenen Test gefälscht hat.

Die vergleichende Literaturwissenschaft könnte darauf vielleicht eine Antwort geben, allerdings liegen die Dinge nicht ganz so einfach. Wright schrieb seine ersten Bücher Ende der zwanziger, Anfang der dreißiger Jahre. Danach verstrichen nahezu zwanzig Jahre, in denen er sich ausschwieg. *Alter Ego* und *Gloria* können nicht als Argumente herangezogen werden, da sie sich – und zwar mit Erfolg – bemühen, Nolans Stil zu adaptieren. Wenn wir Clause glauben wollen, entstand das *Porträt* in den zwei Monaten, in denen Wright im Royal Masden lag – im Wissen um seinen nahen Tod und von der Neugier gequält, was in dem Umschlag steckte, den der Arzt bei jeder Visite demonstrativ auf seinen Nachttisch legte. Der thematische Unterschied zwischen Wrights ersten Werken und dem *Porträt* ist ebenso gewaltig wie der Zeitraum, der sie trennt. In Anbetracht all dieser Umstände kann man sich zu Recht fragen, ob es für Schlussfolgerungen eine sichere Grundlage gibt.

Gewiss, die meisten sind der Meinung, dass Clause die Wahrheit sagt – zumindest teilweise. Sie glauben, das *Porträt* stamme tatsächlich von Wright und Clause habe lediglich das Testergebnis gefälscht. Um Verleger und Kritiker an der Nase herumzuführen? Weil er Wright mochte? Weil er möglicherweise lügt, wenn er sagt, dass er seine Entscheidung für den Arztberuf niemals bereut hat?

Ich fürchte, der Einzige, der diese Fragen beantworten könnte, ist Clause selbst – und der ist leider verstorben.

Nicht wenige haben auf die rätselhafte Person des befreundeten *Literaturfans* verwiesen, den er im Vorwort erwähnt. Wenn es diesen Freund tatsächlich gibt, dann müsse er, so meinten sie, vortreten und sich äußern.

Nichts dergleichen ist jedoch passiert, und aus diesem Grund herrscht der Zweifel, den Clause gesät hat, zu Recht. Wrights Leichnam wurde eingeäschert (ob Clause auch dafür gesorgt hat?) und der Testbefund existiert nicht mehr, so dass jeder glauben kann, was er will. Das von manchen hartnäckig vorgebrachte Argument, dass niemand in seinem Testament lüge, halte ich nicht für sonderlich überzeugend, schon weil sich Clause in seinem Vorwort auf eben dieses Argument beruft. Zudem glaube ich, dass auch einer anderen Sache, die im Nachhinein bekannt wurde, nur geringe Bedeutung beizumessen ist: Clauses Leidenschaft für Scherze, die sich sowohl auf sein privates als auch auf sein beruflichen Leben erstreckte.

Von fundamentaler Wichtigkeit ist hingegen, dass niemand sicher weiß, wann Clause die Wahrheit sagte, und dass er auf diese Weise zum ersten Mal seit Einführung des Zimmerman-Tests alle dazu zwang, dessen Schwächen zur Kenntnis zu nehmen. Wrights Existenz wurde vernichtet, weil er sich weigerte, den Test zu machen. Dann kam Clause und teilte uns mit, Wrights Testergebnis sei positiv gewesen, und die Leute wetteiferten miteinander, einen zu Unrecht verkannten Schriftsteller zu entdecken. Niemand stellte länger die Vorzüge seines Werkes infrage. Dreißig Jahre lang beherrschte es die literarische Welt. Und jetzt kommt Clause erneut an und sagt uns: »Ich habe euch getäuscht!« Diesmal ist niemand bereit einzugestehen, dass er dreißig Jahre lang einem Irrtum aufgesessen ist und all das, was er in Wrights Werk entdeckt zu haben meinte, nicht existiert.

Erstmals taucht die Forderung auf, die Werke all derer noch einmal in Augenschein zu nehmen, die sich dem Test beharrlich verweigert hatten. »Genau zur richtigen Zeit!«, rufen erleichtert und voller Hoffnung all diejenigen aus, die im Kunsthandel beschäftigt sind. Für sie eröffnen sich nach jahrzehntelangem Winterschlaf neue Perspektiven. Eine Mode ist geboren und eine noch nie da gewesene Schatzsuche beginnt, da jeder Kunstkritiker, der etwas auf sich gibt, es für geboten hält, zumindest ein Werk zu entdecken, das von einem Testverweigerer oder sogar – warum nicht? – von einem *Annullierten* stammt! Tausende von Kunstwerken werden dem Vergessen entrissen und überprüft. Nach Jahren der Sprachlosigkeit entbrennt die Diskussion um die wahre Kunst von Neuem.

Und all das verdanken wir Clause! Es lohnt sich, einen Moment bei den unübersehbaren Analogien zu verweilen: Wie Zimmerman war auch Clause Arzt. Auch er veränderte die Gepflogenheiten der Kunstwelt, indem er den Zweifel auferstehen ließ, den Zimmerman mehr als sechzig Jahre vorher zum Tode verurteilt hatte. Auch sein Beitrag zum Anbruch einer neuen Kunstepoche kann nur als »Scherz« bezeichnet werden – ähnlich wie es in der ersten Zeit nach seiner Präsentation auf dem Kongress von Ottawa dem Zimmerman-Test erging. Was beweist, dass die Zeit, wenn schon nicht *der wahre, der einzige Richter der Kunst*, so doch auf jeden Fall der größte Witzbold ist.

Nikos Panajotópoulos
Athen – Skyros '99